君に言えなかったこと

こざわたまこ

祥伝社

君に言えなかったこと

もくじ

装画　田中海帆
装丁　西村弘美

君に贈る言葉

ただいまご紹介にあずかりました、山口《やまぐち》と申します。

一之瀬《いちのせ》君、しおりさん、ご結婚おめでとうございます。並びに一之瀬家、真壁《まかべ》家ご両家ご親族の皆様におかれましても、心よりお喜び申し上げます。皆様、どうぞご着席ください。

こういった場は不慣れで、至らない点もあるかと思います。ご容赦《ようしゃ》いただけますと幸いです。私としおりさんは小学校の頃からの付き合いで、ともに上京してきた幼馴染《おさななじ》みです。今日は、二十年来の親友に、生まれて初めて手紙をしたためて参りました。この場を借りて、読ませていただきます。

早速ですが、手紙の中ではしおりさんのことを普段からの呼び名で、真壁、と呼ばせてください。では、読み上げます。

真壁、結婚おめでとう。こうして顔を合わせて話すのは久しぶりで、とても緊張しています。親友なんて、ちょっと照れるね。思い起こせば二十年前、小学校三年生で初めて同じクラスになったのが、私達の出会いでした。でもあの頃は、まさかこんなに長い付き合いになるなんて、考えてもみなかった。真壁だって、そうでしょう?

＊＊＊

小学生の頃よく、休み時間や放課後に石川《いしかわ》君と遊ぶ真壁の姿を見かけた。

「昆虫博士の石川君」

私達は石川君のことを、そんな風に呼んでいた。小学生らしい素直な蔑《さげす》みと皮肉、それからほんの少しの哀《あわ》れみを込めて。お父さんは偉い学者さんだとかで、石川君は地元の新興住宅地の中でも一等大きなマンションに住んでいるお坊ちゃまだった。

石川君は、変わり者で有名だった。問題児と言ってもいいかもしれない。学校に来ても、友達を作ろうともせず、自分の席でぶつぶつ独り言を言ったり、授業中に手を上げたかと思ったら、「オオカマキリとチョウセンカマキリの見分け方」とか「カブトムシの交尾」について語り出すような子。男子は気味悪がって近づこうともしなかったし、女子の中にはあからさまに悪口を言う子もいた。

一学期が終わる頃すでに、真壁は教室の中で石川君の友達、もとい「お世話係の人」っていう立ち位置を確立していた。石川君が登校すると、すぐに石川君のもとへ駆け寄って、とっておきの昆虫知識を披露《ひろう》してもらったり、大きな声で笑い合ったり。その姿を見て、私はただ漠然《ばくぜん》と、怖くないのかな、なんて思っていた。

それは例えば、教室でつまはじきにされていた石川君と接することかもしれないし、真壁が

「普通の」女の子の友達を作ろうとしなかったことかもしれないし、授業で二人組を作らされる時、真壁が女子の中でいつも一人ぼっちになっていたことかもしれない。

今思えば、余計なお世話だよね。だって真壁はあの頃からいつも、真っ直ぐ背筋を伸ばして、前を向いていた。やましいことなんて、何ひとつない。一人ぼっちだって、気にしない。自分がしたいからこうしてるんだ、って。いつだって、そういう顔をしていた。

私が本当に怖かったのは、そんなあなたを見て安心している自分がいたこと。私はあの頃、二人組を作る「普通の」友達がいることに心底ほっとしていたし、一人ぼっちなんてもってのほかで、気味の悪いクラスメイトの気味の悪い独り言に付き合うなんてまっぴらだった。でも心のどこかでは、そう思ってしまう自分は間違ってるって、わかっていたから。

小学校の卒業アルバムに石川君の姿はない。その一年後、石川君はお父さんの仕事の都合で別の町へ引っ越すことになったからだ。転校の前日、クラスのみんなから渡した色紙は当然ながらすかすかで、書いてあっても、「寂《さび》しいです」とか「元気でね」とか、形ばかりのさよならメッセージが並んでいた。それをいちばん最初に書いたのは、私だけど。

真壁はあの時、あの色紙にどんな言葉を記したんだろう。

＊＊＊

こうして昔を振り返ってみて、まず思うことは、真壁は昔から変わらないってこと。天真爛漫《てんしんらんまん》で好奇心旺盛《おうせい》で、自分の考えをしっかり持っている、ちょっぴり頑固《がんこ》な女の子。何もかもが、私とは正反対。それが、私の中の「真壁」です。

中学生になってから卒業するまでの三年間、私と真壁は同じクラスで過ごしました。私達、その頃からようやく色々話すようになって。あっという間に、唯一無二の親友になりました。毎日、気になったバンドの新譜を一緒に聴いたり、漫画の貸し借りをしたり、町の外れで細々と経営していた小さな映画館に映画を観に行ったり。こうしてみると、たいしたことしてないね。すごく楽しかったはずなのに。

今になって、ひとつだけわからないことがあります。それまでこれと言った接点のなかったはずの私達が、何をきっかけにそこまで仲良くなったのか。いくつかそれらしい出来事は思い浮かぶけど、どれもぴんと来ない。でも、友達って案外そういうものなのかもしれないね。

＊＊＊

なんて、いいことばかりじゃ嘘《うそ》くさいか。真壁とまともに口を利《き》いたのは、中学校に上がってから。休み時間に私が雑誌を開いていたのを見て、真壁が話しかけてくれたことがきっかけだった。

「××××、私も好き」

それは、いわゆるアート系の専門雑誌で、真壁が口にしたのは雑誌の表紙を飾っていた、派手な色使いとかわいらしい動物のモチーフが人気の女性イラストレーターだった。

「それ、季刊誌でしょ。この辺じゃ置いてないよね。どこで買ったの？」

その一言をきっかけに、私達の距離はぐっと縮んだ。真壁はよくあの時のことを、すごい偶然だねとか、運命だねとか言ってくれた。でも、本当は違うんだ。

私はあの時、新学期が始まってしばらく経《た》っていたのにも拘《かかわ》らず、グループらしいグループに所属することができずにいた。小学校で仲良くしていた子達はみんな、クラスが離れてバラバラになってしまって。班分けやグループでの集団行動が始まる度《たび》に、心臓がぎゅっと締め付けられて、生きている心地がしなかった。あの頃のことを思い出すと、今でも胸が苦しくなる。

そんな時、私と同じように学校生活を一人ぼっちで過ごす真壁の姿を見つけた。真壁は、小学校の頃と変わらず、真っ直ぐ背筋を伸ばして、そこにいた。時にはけだるげに、頬杖《ほおづえ》をつきながら。私にはなんの変哲もないように見える窓の外の風景を、親の仇《かたき》でも見るような鋭い眼差《まなざ》しで、じっと見つめていた。

その真壁が、毎日教科書のしおり代わりに使ってた、女性イラストレーターのポストカード。そこに描かれた真っ赤な熊は、殴《なぐ》り書きのような筆遣《ふでづか》いも、今まで見たことがないような毒々しい色の組み合わせも、すべてが格好良かった。

真壁は知らない。私があの雑誌を買うために、町中の本屋を歩いて回ったこと。どうにかして探し当てたそれを、毎日のように学校に持って来ていたこと。隙《すき》あらば机の上に広げて、お願いだから今日こそは気づいてと、藁《わら》にもすがるような気持ちで休み時間を過ごしていたこと。

そうして私達は、友達になった。これがあなたが今まで知ることのなかった、「唯一無二の親友」のからくりです。

＊＊＊

ここでひとつくらい、喧嘩《けんか》したエピソードでも話せたら良かったんだけど。ひと晩考えてみたけど、やっぱり思い出せませんでした。普通は喧嘩するほど仲が良いって言うけど、私達は、喧嘩する暇がないほど仲が良かったってことかもしれないね。

のろけ話はここまで。そろそろ、あなたの隣の旦那さんに、怒られそうな気がするので。

＊＊＊

じゃあここからは、本当の話。「思い出せない」っていうのは、あまり正しくない。というか、嘘だ。なぜならそれは私にとって、「思い出したくない」思い出だから。

あれは、修学旅行の班決めの時間のこと。私と真壁は、普段から行動をともにすることの多かった数人の女の子達と班を組むことにした。そんな風に、クラスのほとんどの人間がいつものグループに分かれていく中、女子で一人だけ、どの班にも入れていない子がいた。小宮《こみや》さん。下の名前は、もう忘れちゃった。同じクラスだったあの子のことを、真壁は覚えているだろうか。

小宮さんはどちらかというと、普段から教室でも浮いた存在だった。そういう意味では、小学校の頃の真壁と似ているかもしれない。決定的に違うのは、小宮さんが決してそれを望んでいたわけじゃないってこと。

小宮さんは無口な人だったし、お世辞にも明るいと言えるような性格じゃなかった。その上、通学鞄《かばん》や運動着がボロボロで、家が貧乏だとかお母さんが酒浸《さけびた》りだとか、そんな噂《うわさ》まで流れていた。

一年生の頃まで、小宮さんには友達がいた。吹奏楽部の、トロンボーン担当の子。小宮さんも小学校までは、その子と一緒に吹奏楽をやっていたらしい。でも中学生になってから、小宮さんは家の事情で部活を続けられなくなってしまって。二年生に上がってからは、クラスも分かれてしまったそうだ。

放課後、昇降口を通りかかる時によく、下駄箱の近くで時間を潰《つぶ》している小宮さんの姿を見掛けた。友達の部活が終わるのを待っていたんだと思う。でも一ヶ月もすると、小宮さんは一人で下校するようになった。

私はそれまで、小宮さんとはろくに会話を交わしたこともなかった。ましてや、仲良くなりたいなんて考えたこともない。でもあの時、修学旅行を前に誰もが浮わついた教室の隅っこで、俯《うつむ》いたまま机の上を睨《にら》みつける小宮さんを見ていたら、ふいに思い出してしまった。昇降口の壁にもたれて、図書室から借りた本を読んでいる小宮さんのこと。

その上履きの踵《かかと》が潰れてぺたんこになっていたこととか、教室のドアが開く度に、本を閉じてそわそわ廊下の方を窺《うかが》っていたこととか、人違いだってわかると、何かを誤魔化《ごまか》すみたいなしかめっ面《つら》でまた本を開いていたこととか。そういう色々が頭の中を駆《か》け巡って、気づいた時には、口に出していた。小宮さんも入れてあげよう、って。

あの時、班の子達のほとんどが、いいよって答えてくれていたと思う。それを受けて私は、じゃあ小宮さんに声掛けてくる、と真壁の方を振り向いた。まさか反対されるかもしれないだなんて、これっぽっちも考えずに。

「私、絶対にいや」

真壁はそう言って聞かなかった。その態度は頑《かたく》なで、そのうちグループ内の空気も悪くなってしまった。結局、真壁のわがままのせいだ、みたいな雰囲気が漂《ただよ》い始めて、小宮さんの話はおじゃんになった。

「奈々子《ななこ》は『かわいそう』が好きなんでしょ」

あの後、真壁が私に向かって放った言葉だ。

「入れてあげよう、って何？　奈々子、小宮さんの立場になって考えたことある？　私が小宮さんだったら、そういう同情みたいなこと、いちばんされたくない」

私はその時、よくわかってなかった。真壁が言っていること。真壁がどうして怒っているのか。だって、真壁も同じようなことしてたじゃんって。小学校の頃、石川君と遊んであげてたじゃんって。私のしたことと、真壁のしたこと。一体何が違うんだろうって。そんな風に思っていた。

あの時の真壁の、ひやりとした横顔が忘れられない。怒っているのだ、と少し遅れて気づいた。怒りに震える真壁の顔は、なんだかすごく美しかった。そんな真壁に、少しだけ見惚《みと》れている自分もいた。

それが、中学生の時に経験した私と真壁の喧嘩の記憶だ。

＊＊＊

私達が生まれたのは日本海に面した、けれど海辺と呼ぶには磯《いそ》の香りからはほど遠い町です。めぼしい観光地もなければ、これといった名物もない。十年以上前に大河ドラマの撮影現場になった、小さな城跡が自慢の、人口三万人に満たない小さな田舎《いなか》町。私達は中学を卒業すると、徒歩で通える範囲にある唯一の普通高校に進学しました。

高校生になってクラスが分かれてからも、私達の付き合いは変わらず続いていました。お互い自分のクラスに友達はいたから、つかず離れずの距離感ではあったけれど。部活が盛《さか》んな高校だったのに、二人とも卒業まで帰宅部を貫《つらぬ》いたのがよかったのかもしれません。

＊＊＊

入学と同時に、私達は別々のクラスに振り分けられた。八クラスの内、私は学年で二クラスだけ設けられた特進クラス、真壁はそれ以外の普通クラス。放課後の帰り道、購買部で買った焼きそばパン片手に、「仕方ないいんじゃない？」って笑う真壁を見て、ちょっと寂しい気持ちになったのを覚えてる。

根っからの優等生タイプが多く、比較的おとなしい子達ばかりで構成された特進クラスでは、友達作りに苦労することはなかった。真壁は真壁で、昔のようなとっつきにくさはほとんど姿を消していた。それどころか、かなり早い段階で、クラスの人気者にすらなっていたように思う。だって真壁は、話してみると面白いし、おしゃれにだって敏感で、その頃流行《はや》っていたペンケースのデコり方とか、通学鞄に缶バッジ代わりにつけた星の形のピアスとか、そういうちょっとしたことすべてが、人と違って特別で、垢抜《あかぬ》けて見えた。だから、そうなるのは当然のことなんだ。わかっているのに、私は隠していた宝物を見ず知らずの他人に見つけられてしまったような、そんな心寂《うらさび》しさを感じていた。

入学してしばらく経った頃、よく廊下で新しい友達とダベる真壁の姿を見掛けた。私の隣を歩くクラスメイトが、真壁達を見て微《かす》かに身構えるのがわかった。

特進クラスの女の子達より、ずっと短いスカートの丈《たけ》。セーラー服の襟元《えりもと》の、お洒落《しゃれ》なスカーフの結び方。手首に巻かれた、色とりどりのミサンガやシュシュ。中学生の頃より赤茶けた髪は、日差しを受けてキラキラ煌《きら》めいて、色白で色素の薄い真壁の外見に、よく似合ってた。

そういう光景を目にする度、ああ、これで真壁とも終わりかな、なんて思った。私達は、これからの高校生活を別々の教室で過ごす。この先お互いの人生が交わることもないだろう、それぞれの友人達と一緒に。真壁の言った通り、それは仕方のないことなんだって。そう自分に言い聞かせていた。

なのに真壁ときたら、そんな私の気持ちはお構いなし。私に気づくや否《いな》や、いつも大きな声で、「奈々子」って言ってぶんぶん手を振ってきた。飼い主を見つけた、ゴールデンレトリバーみたいな人懐《ひとなつ》こさで。私はそれに、うまく応《こた》えられていただろうか。周りの子達の、ぽかんとした顔ばっかり気になっちゃって。自分がどんな顔をして、どんな風にあなたに手を振り返していたのか、ちっとも思い出せないんだ。

＊＊＊

そんな高校時代、私達が熱中していたのは、放課後二人で海へ行くことです。でも、ここで思い出してください。私達のふるさとは、海辺と呼ぶには磯の香りからはほど遠い町。あの頃の私達は、一体何が楽しくて、あの長い道のりを飽《あ》きもせず、毎週行き来していたんだろう。海に着いたからって、やることもないのに。今では、そんな風に思ったりもします。

＊＊＊

「奈々子、今日海行こうよ」

放課後になると、真壁は私を捕まえて、よくそんな風に誘ってくれた。

でも、私達の高校から海までは、どう頑張《がんば》っても自転車で一時間以上かかる。高校の裏門から市街地を抜けて、国道沿いをひたすら真っ直ぐ三十分。途中にあるのは、駐車場ばかり広いドラッグストアに百円ショップ、誰に需要があるのかわからないスポーツ用品店に、怪しげな噂の流れるカラオケボックス。

製紙工場の煙突が見えたらゴールは近い。海へと続く川に沿って、初夏には真っ青な苗が、秋には黄金色の稲穂が広がる広大な田園風景を突っ切ると、ようやく辺りに磯の匂いが漂い始めて、防風林とテトラポッドが姿を現す。

今目に浮かぶのは、コンクリートを塗り固めたみたいな鬱々《うつうつ》とした海の姿。私達のふるさとの海は、写真集なんかで見る、青空の下、水平線の向こう側まで続いているような、開放的なイメージのそれとは随分違っていた。真夏でも、「どん詰まり」っていう言葉がぴったりな、灰色の閉鎖的な海だった。

防波堤に二人並んで、ちょこんと三角座りして。ただじっと、海を眺めていた。時々、あの辺りに一軒だけある、煙草《たばこ》屋さんの食品コーナーで買い食いして、小腹を満たして。でも、お金もないから二人で一本の缶コーヒーを分け合うのが関の山。後は、チロルチョコをひとつずつ。しょっちゅう来るくせにそれしか買わないから、煙草屋のおっちゃん、嫌な顔してたな。

「私、将来は海外に行きたいんだ」

二人でいる時、真壁はよくそんなことを話してくれた。

奈々子、アムステルダムって知ってる？　水の都って呼ばれてて、すっごく幻想的な街なんだよ。建物が玩具《おもちゃ》みたいでさ。ヨーロッパもいいけど、東南アジアも行きたい。一人旅とか、憧《あこが》れるよね。やっぱり初めはアメリカかな。留学もしたい。でも、国内もいいよね。東京ならなんでもあるだろうし。

行ってみたい、じゃなくて、行きたい。やれたらいいな、じゃなくて、やりたい。真壁は昔から、そんな風に夢を語る人だった。

今からちゃんとやりたいことがあってすごいね。

そう返すと、真壁は「そんなことない」って言って、首を振って見せた。

「私、家嫌いなんだよね。毎日、ここから出たら何してやろうって、そんなことばっかり考えてるから」

真壁の横顔は笑っていたけど、少し寂しそうにも見えた。

「私の部屋、いまだに鍵かかんないの。夜中だろうがなんだろうが、音楽聴いただけですぐ父親が怒鳴《どな》り込んで来るんだから」

「あいつが来ると、部屋が煙草臭くなるから嫌なんだよね。煙草の臭いって、死ぬほど嫌い。吸ってる奴、みんな馬鹿じゃないかと思うもん」

「何買うのも承認制なの。私だけじゃないよ。野菜買うのもお米買うのも、水道代振り込むのも、それこそあいつの煙草を切らさないようにするのだって。ぜーんぶ一旦お伺《うかが》い立てて。誰が汗水垂《た》らして稼《かせ》いだ金だと思ってるんだ、もっとありがたがれって。高校に上がる時だってそう。いいご身分だな、俺は高校にも通わせてもらえなかったって。それ、私が悪いわけ？」

「母親も母親なんだけどね。昼間は別れたいとか、なんで結婚なんてしたんだろうとか愚痴《ぐち》ってるくせに、あいつが帰ってきた途端、びくびくご機嫌窺ってさ。離婚する度胸なんてないんだもん。ほんとみんな、死ねばいいのに」

「私今、ちょっと勉強頑張ってんの。推薦狙《すいせんねら》い。美術系の専門学校に行きたいんだ。その後は奨学金申請しようと思ってる。自分の将来なんだから、親に借り作んのは嫌じゃん？」

　真壁はそう言いながら、震える手でチョコに齧《かじ》り付いた。真壁が世界一美味《おい》しいと言う、中にお餅《もち》が入ったきな粉味のチロルチョコ。真壁の手に握られていたはずのチョコの包み紙は、風にさらわれたのか、いつのまにかなくなっていた。耳元には、潮騒《しおさい》の音だけが響いていて、荒波が一定のリズムで、防波堤に打ち付けられては飛散していた。

　私にはその時、実現したい夢も、行ってみたい場所もなかった。あの町や生まれた家に、たいした不満も抱《いだ》いていなかった。音楽を聴いているだけで部屋に怒鳴り込まれたことも、進学を疎《うと》まれたこともなければ、この世には学校に通うために奨学金を申請するという選択肢があるんだということすら、考えたことがなかった。

　家に帰れば、鍵のかかる自分の部屋があって、リビングには、無口で涙もろい父とお節介でやさしい母、それから私より器用で要領の良い、二つ年の離れた妹がいた。それらを鬱陶《うっとう》しいと感じることはあっても、死んでほしいとは思わない。

　だからだろうか。家族との決別や自立を語る真壁は、私の目には眩《まぶ》しく、力強く映った。

「こんなとこにいたんじゃ、何も始まらないよね」

真壁は思い詰めたような、でもどこか誇《ほこ》らしげな顔で、そう言ったね。

奈々子もそう思うでしょ？

そう聞かれて、私は自分が本当に「そう思う」のかどうかもわからないまま、無意識に頷《うなず》いていた。あの日の浜風が、強すぎたせいかな。真壁がそのまま、チロルチョコの包み紙と一緒に、どこか遠い所へ飛んで行ってしまうような気がして。

舌を出せば塩辛さに顔をしかめてしまうような海風に揉《も》まれながら、真壁は笑って、でもすぐに、照れたみたいにそっぽを向いた。

その横顔を見て、私もこの町を出よう、って思った。そうしなくちゃいけないって、強く強く、そう思ったの。

＊＊＊

そうして私達は、進学と同時に生まれた町を「卒業」しました。私は私立大学の文学部、真壁は昔からの宣言通り、推薦で美術系の専門学校。

最寄り駅が近かったこともあって、上京してしばらくはよく連絡を取り合って、お互いの家を行き来したり、二人で遊びに行ったりしましたね。

＊＊＊

「奈々子、ちゃんと料理とかしてる？　今度作りに行ってあげようか」

「この前、アパートの給湯器が壊れちゃってさあ。生まれて初めて近所の銭湯に行ったんだ。結構いいよ、婆《ばばあ》ばっかりだけど。今度一緒に行こうよ」

「私達、付き合ってんのかよってくらい一緒にいるよね」

　東京に出て来てすぐは、何もかもが新鮮だった。上野《うえの》で美術館巡りもしたし、井《い》の頭《かしら》公園に行ってボートを漕《こ》いだり、代々木《よよぎ》のフリーマーケットに遊びに行ったり、家に帰ってからもお互いのアパートで、夜遅くまで電話したりした。

　知らない場所に行ったり、見たことのないものを見るのはもちろんだけど、自分の他に誰もいない部屋で、夜中に明かりを消して真壁と電話をするのが、いちばん楽しかった。

　薄暗い自分の部屋で、まだ見慣れないクリーム色の天井を見つめながら、真壁はどんな風にこの夜を過ごしているんだろう、って思った。「プライバシーがない」って口を尖《とが》らせていた自分の部屋を抜け出して、生まれて初めて一人ぼっちで過ごすアパートの天井を、どんな気持ちで見上げているんだろう、って。

　それからしばらくして、オリエンテーションや説明会の時期が終わり、本格的な学校生活が始まった。そのうち、顔を合わすことの代わりが電話になり、電話の代わりがメールになった。そうして、連絡を取る頻度《ひんど》は少しずつ、でも確実に減っていった。

『毎週課題あるの、つらいよー。フォトショって何の世界（笑）。ちゃんとパソコン勉強しとけばよかった』

『今日、卒業生が授業に来てくれたんだ。昔広告代理店で働いてたんだけど、今は独立して自分の会社立ち上げてるんだって。オーラやばかった！』

『ごめん、今学校の子達と飲んでる。奈々子も来る？』

電話を掛けても繋《つな》がらなかったり、メールを送っても、返信がなかったり。そんなことが続いて、私は真壁に連絡を取ることを止《や》めた。メールが返ってこなかった時はもちろんだけど、何日か経った後、思い出したように返ってくるメールがつらかったから。

真壁は何で私なんかとつるんでるんだろうって。義務感だったり罪悪感だったり、そんなもののためにメールを返してるんだったら、どうしようって。そんな風に考え始めたら、自分から真壁に連絡を取ることが怖くなってしまった。

ふるさとよりもアスファルトの多い町で迎えた梅雨《つゆ》は、いつもより長く、蒸《む》し暑く感じた。ニュース番組の予想天気図にへばりついていた梅雨前線が、ようやく私達の前から姿を消した頃、真壁から一通のメールが届いた。

たしか、校内のデザインコンテストで入賞したっていう報告メール。いつもの、絵文字や顔文字に溢《あふ》れたにぎやかなメールとは違って、文とビックリマークだけのシンプルな文面。それが何より、そのメールの特別さを物語っていた。でも私は、それに返事をしなかった。

私はあの時、怒っていたんだと思う。都合のいい時ばっかり連絡してこないでよって。嬉《うれ》しいことばっかり、楽しいことばっかり、分かち合おうとしないでよって。自分がその時、つらかったから。そのつらい出来事を真壁と分かち合えなくて、苦しかったから。

私はあの頃、例によってなかなか大学の雰囲気に馴染《なじ》めずにいた。サークルに入る時期を逃《のが》して、ゼミでも友達は作れなかった。本当は、それを真壁に打ち明けたかった。でも、できなくて。それをさせてくれない真壁にも、勝手に苛《いら》ついて、失望していた。こんなのただの八つ当たりだって、わかっていたのに。

それから夏が過ぎて、すっかり外の空気も秋めいてきた、季節の変わり目。部屋でだらだら、深夜番組を見ていた時だったと思う。親からの電話以外は滅多《めった》に掛かってこないはずの、私の携帯電話が震えた。

着信は、真壁から。恐る恐る通話ボタンを押して携帯を耳に押し付けると、やかましい音楽に混じって、うっすら真壁の声が聞こえた。

「奈々子、今から出れる?」

久しぶりの「奈々子」は、酔っているのか舌ったらずで、ほとんど自分の名前には聞こえなかった。電話口から、タンバリンだかマラカスだかのシャンシャン鳴る音や、ちょっとうんざりしたような「こいつ、誰が連れて帰んの?」っていうぼやき声が聞こえた。それから会話らしい会話もできないまま、やがて通話は途切れた。

少しして、ブルーライトに照らされた薄暗い店内で、マイクを片手に変顔を決める真壁の写真とカラオケ店のＵＲＬ、支離滅裂だけど部屋番号を伝えているらしい、短いメールが届いた。それを見た次の瞬間、私は着の身着のままの姿で、電車に飛び乗っていた。

どうしてだろう。都心へ向かう最終電車に揺られながら、私はいつか一緒に海に行った時の、真壁の顔を思い出していた。笑っているのに寂しそうな、あなたの顔。

その部屋には、ドアのガラス窓がうっすらぼやける程、煙草の煙が充満していた。テーブルの上の小さな灰皿には、煙草の吸殻《すいがら》がこれでもかってくらい積み上げられていた。

扉を開けると、酒に潰れて、奥のソファに横になった真壁がいた。その周りには、学校の友達らしい男の子や女の子達が、数人。彼らは、潰れているらしい真壁にはお構いなしで、どんちゃん騒ぎに興《きよう》じていた。

「すげえ、ほんとに来た」

それが、部屋に入って周りから掛けられた、第一声だった。

「山口さんだっけ。超いい人そうじゃん」

「ねえねえ、しおりって昔からこんななの？」

「酒の飲み方教えてやってよ。この人、酒癖《さけぐせ》悪すぎじゃない？」

そんな風に話しかけられても、返す言葉は頭に浮かばなかった。わかっていたのは、ひとつだけ。自分が今、すべきこと。

ぐずる真壁をどうにか宥《なだ》めて、ほとんど引きずるみたいにして部屋を後にした。真壁の友人達は、「悪いね」とか「山口さん、やさしい」とか言いながら、でも手を貸そうとはしてくれなかった。ドアを閉める頃には、流行りの失恋ソングのイントロがスピーカーから流れ出していた。

それから真壁を抱えて、生まれて初めて一人でタクシーを捕まえた。窓の外を流れる真夜中の繁華街《はんかがい》を眺めながら、喉《のど》まで出かかった言葉を何度飲み込んだだろう。

真壁、あんた何やってんの？　って。

でも、塗《ぬ》りたくったマスカラがごっそり取れて、涙袋が歌舞伎《かぶき》の隈《くま》みたいに盛大に汚れた真壁の寝顔は、これ以上ないくらい間抜けだった。それを見ていたら、怒るのがなんだか馬鹿らしくなってしまった。

五千円近くかかって辿《たど》り着いた真壁のアパートは、予想通りひどく散らかっていた。玄関に散らばった左右バラバラのパンプスやブーツ、部屋から廊下にまで飛び出したゴミ袋。ぐしゃぐしゃに積み上がった雑誌の束《たば》、足の踏み場もない床にお為《ため》ごかしに敷《し》かれたフランフランのハートのラグ。シンクには、何日放置されたのかもわからない、汚れた食器やチューハイの空き缶、それからビールのロング缶が転がっていた。

私は、ベッドの上に置かれた大量の下着や服を無理やり端に押《お》し遣《や》って、真壁をどうにかそこに横たわらせた。そうして、床に自分の寝場所を確保した頃には、時計の針は三時を回っていたと思う。

電気を消して横になっても、カーテンの隙間《すきま》から外の明かりが漏《も》れてくるせいか、それとも近くを走る高速道路のせいか、なかなかすぐには寝付けなかった。

携帯で始発の時間を調べたりしながら、何の気なしに部屋の真ん中に置かれたローテーブルに目を遣《や》った。そこには、化粧品やメイク道具に紛《まぎ》れ、所在なげにテーブルの上に置かれた、埃《ほこり》を被《かぶ》ったMａｃがあった。

そのすぐ傍《そば》に、ピンク色の丸い灰皿が置かれていることに気づいた。それを見て、いつか真壁が、煙草を吸う奴は馬鹿だと言っていたことを思い出した。その臭いが、死ぬほど嫌いだと言っていたことも。

灰皿を手に取って鼻に近づけると、さっきカラオケ屋で嗅《か》いだのと同じ、煙草の香りがした。それを覆《おお》い隠すように、部屋には香水なのかお香なのかもわからない、甘ったるいココナッツの匂いが広がっている。私はそっと、灰皿を元の場所へと戻した。

それからすぐ、部屋の隅に煙草とライターが転がっているのを見つけた。私はその二つを手に取ると、ベッドの上でぐうぐういびきをかいている真壁を置いて、ベランダへと向かった。

無造作に置かれたクロックスを履《は》いて外に出ると、足を踏み出した瞬間、冷え切った秋の空気がむき出しの二の腕を撫《な》でて、思わず身震いした。私の胸元の高さまであるアルミの柵は、触れた瞬間、反射的に体を弾《はじ》いてしまうくらい、冷たかった。

持ってきた煙草の箱は、すでに封が切られていた。その中の一本を慎重に抜き出して、火を点《つ》けるでもなくただ口に咥《くわ》えた。副流煙とは違う煙草自体の香りが、ふんわり鼻の奥へと通り抜けた。

夜でも目に冴《さ》える、赤色のパッケージ。同じ色の煙草の箱を、あのカラオケ屋でも見た。最初に私を見つけて「ほんとに来た」と叫んだあの子。横たわった真壁の隣で、ちょっとマイナーなロックバンドの曲を入れていた男の子だ。

その歌声が、真壁が電話を掛けてきた時、電話口の向こうから聞こえた声に似ていたような気がして、私は咥えたままの煙草のフィルターを、きゅっと噛《か》みしめた。

「寒くない?」

ふいに、背中から声を掛けられた。振り返るとそこには、寝ぼけ眼《まなこ》でこちらへ出て来ようとする、真壁がいた。真壁はベランダの戸を閉めると、寒い、と文句を言いながら、私の隣で柵にもたれかかった。ふとその足元に目を遣ると、私が拝借《はいしゃく》したものとは色違いの、一回り大きなサイズのクロックスを履いていた。

起きてたの、と聞くと、真壁は「今起きた」って不機嫌そうな声で答えた。その答え方で、照れてるんだなってことが私にはわかった。

「奈々子も吸うんだ」

真壁はそう言って、私が持っていたマルボロの箱を指で差した。頷くと、真壁は「一本ちょうだい」とまるで人のものを借りるみたいに言って、手慣れた動作で煙草を一本、引き抜いた。

風のせいか、何度カチカチ音を鳴らしても、ライターは上手く点いてはくれなかった。結局、真壁が最近バイト先でもらったというマッチに顔を寄せ合って、二人で一緒に火を点けた。真壁は、本当に美味しそうに息を吸い込むと、今度はゆっくりゆっくり、白い煙を唇から吐き出した。私がじっと、その姿を見ていることに気づいた真壁は、ぷいと顔を背《そむ》けて、ぶっきらぼうな声で「なかなか止められないよね」と呟《つぶや》いた。

それからしばらくの間、二人で煙草の煙をくゆらせながら、高速道路を通る車の音に耳を傾けていた。これといった会話を交わすでもない。騒音のはずの車のエンジン音が、なんだかその時は心地よかった。

後から気づいた。その音が、一年前まで二人でよく聞いていた、潮騒の音に似ていること。チロルチョコはマルボロに変わっていたし、灰色の海は、ベランダの外で視界を遮《さえぎ》るいくつものビルに姿を変えていた。けど、「どん詰まり感」はあの時と似たり寄ったりだし、煙草の先に灯《とも》る火を見ていたら、これもまあ悪くないかって、そう思えた。

じわじわ白《しら》んできた空を背に、真壁は、「寒いし、中に入ろうか」って踵《きびす》を返した。その真壁の背中に、なぜだか急に、ごめんね、って謝りたくなった。あの時、メールを返さなかったこと。勝手に真壁を疑ったこと。他にもたくさん、話したいことがあった。

この夏、勇気を出して入った大学のボランティアサークルで、ようやく友達らしい友達ができたこと。その活動の一環で、様々な事情で学校に通うことのできない子ども達に向けて、本の読み聞かせを行ったこと。先週から、小中学生向けの塾でアルバイトを始めたこと。

真壁にだって、聞きたいことはあった。でもそれを、実際に聞くことはできなかった。だから私はその日の朝、代わりに、またね、って言って真壁のアパートを出た。真壁も「じゃあね」って、玄関先で手を振ってくれた。

実の所、私が煙草を吸ったのは、あの夜が生まれて初めてだった。人生初の煙草は、ただただ煙《けむ》くて咳《せ》き込まないようにするのに必死だったし、何が良くて煙なんて吸ってるのか、煙草を咳き込まずに吸えるようになった今も昔も、よくわからない。でも、煙草を吸っている真壁のことは、わかりたかった。変だね、ただの友達なのに。私、ちょっとおかしかったのかな。

＊＊＊

二年が経って、真壁は専門学校を卒業し、就職を決めました。就職先は、念願の広告代理店。憧れのディレクターが上司になったって、嬉しそうに話してくれたよね。

「これからの配属先によっては海外勤務になるかも」

そんな風に将来を語る真壁は、今までにないくらい生き生きしていました。

＊＊＊

けど半年もしないうちに、真壁はその職場を辞めてしまった。

「辞めてからこんなこと言うのもなんだけどさ、仕事だけなら負けてなかったと思うんだよね。私の方がクライアントの意図とかつかめてたと思うし、デザインのインパクトもあったし。社内コンペだって、結構いい線いってたんだから」

「給料だってそうでもないし、その上夏のボーナスもないんだよ。今時そんな会社ある？」

「さっさと転職して正解だった。先輩も言ってたけど、やっぱり職場って人間関係がいちばん大事だわ。奈々子も就職の時は気をつけなよ」

真壁の口調は、意外なくらいさばさばしていて、落ち込んでいるようには見えなかった。だから、聞けなかった。いつからかぱったりと、「憧れのディレクター」の話をしなくなった真壁のこと。

私はあの時、まだ学生で。私が何を言っても、真壁には届かないような気がしていた。だって奈々子、働いたことないじゃんって。仕事とアルバイトは違うんだよって。そんな風に、真壁の口から発せられるだろう否定の言葉を先回りして口を噤《つぐ》むことで、本当は自分が傷つきたくなかっただけなんだ。

＊＊＊

それから一年後、ようやく私も大学を卒業しました。就職活動にはなかなか苦労したけど、在学中に取得した教員免許を活かして、今も都内の小学校の非常勤講師として勤めています。

私が働き始めてからも、真壁とは定期的に会っていたよね。その頃には、会う場所は大抵居酒屋で。二人で、ビールのジョッキを何杯も空けました。先に潰れるのは、いつも真壁で。だから私、酔っ払いの介抱をするのと、道端でタクシーを捕まえるのだけは、人より上手くなったんだ。

＊＊＊

「奈々子がいるから彼氏ができないんだよ」

酒に呑《の》まれて、くだを巻き始めた真壁の常套句《じょうとうく》。私のせいにしないでよ、なんて言いながら、私はその言葉がちょっと嬉しかった。

あれは、真壁の何回目かの転職成功を祝って二人で飲んだ夜の出来事だった。いつものようにべろんべろんに酔った真壁が、そのままうちに泊まりに来た時のこと。

「私、男ってやっぱ苦手かも」

私はベッドで、真壁はその隣に来客用の布団を敷いて寝ていた。今ではもう見慣れたクリーム色の天井の下で、酔い潰れて寝たと思っていた真壁が、ふいにそんな言葉を口にした。

「最終的なとこで信用できないっていうか、生理的に無理って時があって。それってやっぱり、ああいう親に育てられたからなのかなって」

私が何か答える前に、真壁は寝転がったまま顔をこちらに向け、「ねえ、煙草吸っていい？」と聞いた。私は頷いてベッドから立ち上がり、後ろを付いてきた真壁に、その頃にはほとんど真壁専用になっていた灰皿を手渡した。

それから、真壁の唇から白い煙が吐き出されるのを眺めてた。回り始めた換気扇《かんきせん》が、その煙をゆっくりと吸い込んでいく。しばらくの間、私達の間に言葉はなかった。聞こえるのは、古い換気扇がカタカタ鳴る音だけ。

「奈々子が私の彼氏だったらいいのに」

急にそんなことを言い出した真壁に、私は笑いながら、私が男だったら真壁なんかお断りだよ、と返した。

「私、けっこう尽《つ》くすんだけどなあ」

そう呟いた真壁の横顔には、出窓から差し込む防犯灯の光が、薄青い影を落としていた。ガステーブルの上には、無造作に置かれた真壁の煙草。それがいつのまにか、真っ赤なデザインからインディアンのイラストが描かれた黄色いパッケージのものに変わっていた。

その視線に気づいたのか、真壁はぎくりとした表情で私から目を逸《そ》らした。真壁はいじけたように顔を背けたまま、頑なにこちらを見ようとはしなかった。体育座りになって壁にもたれ、唇を突き出し、吸い付くように煙草を咥える真壁。

突如胸に湧《わ》き上がった感情に、私は気づかないふりをした。私あの時、こんなことを考えてたんだ。私の幼馴染みはこんなにも、小さく丸まった背中をしていただろうか、って。

＊＊＊

最近ではお互い忙しくなって、連絡を取ることも少なくなっていましたね。

＊＊＊

でもそれからも数年間、私達の付き合いは続いた。その間、真壁は何度か仕事を変え、私は住んでいたアパートを引っ越した。真壁の吸う煙草も、時々その種類を変えていたけど、私はなぜだかそれを口にすることはできなかった。

真壁が私を呼び出すのは、仕事で嫌なことがあった時か、転職が上手くいった時。月日を重ねる毎《ごと》に、前者の方が多くなっていたかもしれない。それが悲しく、やるせなかった。その頃からかな。真壁からの飲みの誘いを断ることが増えたのは。

＊＊＊

真壁からメールが来たのは、丁度、そろそろ真壁とまた飲みたいな、なんて思っていた頃でした。久しぶりに二人きりで、ゆっくり話がしたいなあって。

＊＊＊

いつだったか、真壁は言ったよね。私のこと避けてるんじゃないでしょうね、って。もちろん本気じゃなくて、ふざけてだけど。それを笑って、そんなわけないじゃん、って返しながら、私はなんて残酷なことをしているんだろうと思った。

***

真壁はいつだって、私の気持ちなんかお構いなしで。突然、結婚するなんて言うんだもん。だから私、あの時びっくりして「おめでとう」も言えなかったんだよ。

***

真壁に呼び出されたのは、日もすっかり短くなった頃のこと。秋の長雨が朝から途切れることなく降り続ける、夕方のことだった。

真壁が待ち合わせ場所に指定したのは、私の家の近くのファミレスだった。店に着く頃には、クリーニングに出したばかりのコートの裾《すそ》がびしょびしょに濡れていて、出し直しだ、ってため息を吐《つ》いたことを今でも昨日のことのように思い出せる。

店に入ると、窓際のテーブル席にちょっと緊張した面持《おもも》ちの真壁がいた。真壁は私を見つけると、「こっち」と言ってぶんぶん手を振った。

「ごめんね、急に呼び出して」

いいよ、家の近くだし、と答えると、真壁は、「奈々子はやさしいね」と小さく笑った。夕暮れ時のファミレスは、学校帰りの学生で混み始めている。随分先に着いていたらしい真壁の目の前には、飲みかけのオレンジジュースが置かれていた。

どうしたの、と話を切り出そうとすると、学生アルバイトらしきウェイトレスがやって来て、「ご注文は」と首を傾《かし》げた。私も真壁に倣《なら》って、ドリンクバーをひとつ頼んだ。真壁にメニューを向けて、ビールもあるよ、と言ってみたけど、返事はなかった。

しばらく待っても、真壁はオレンジジュースをちゅうちゅう吸っているだけで、なかなか話し出そうとしない。私は仕方なく、飲み物取って来るね、と声を掛けて席を立った。ドリンクバーの近くでブレンドにしようかカフェラテにしようか迷っていたら、ふいに、「先生」と声を掛けられた。

「先生、何やってんの」

声の主は、塾の前に予習しに来たという、勤め先の学校の男子生徒だった。ふざけて、女子会、と答えたら、「おばさん会の間違いでしょ」なんて憎まれ口を叩《たた》かれた。うるさい、早く塾に行きなさい、と腕を振り上げると、「暴力だ」「教育委員会に訴えてやる」と冗談にもならないようなことを言って、店を出て行った。

戻って来た私に、今の様子を見ていたのか、真壁は「おかえり、先生」と言ってふざけるように笑った。その笑顔にほっとして、思わず口が緩《ゆる》んだ。

それから少しの間、私達は話をした。私が学校で企画した、読書会のこと。不登校の子だとか、クラスに馴染めない子を集めて、おすすめの本を紹介し合うっていう会。軌道に乗せるまでが大変だったけど、今では、保健室よりも図書室に来る子の方が増えてきたってこと。意外と児童文学もなめたもんじゃないっていう、そんな話。

私が一通り話し終えると、真壁は、ふーん、と気のない相槌《あいづち》を挟《はさ》んで、こう呟いた。

「まだそんなことやってるんだ」

真壁に悪意はなかったのかもしれない。でも、なんだか猛烈に腹が立った。そんな言い方することないじゃないか。そう思った。私は、真壁に「すごいね」って言って欲しかった。「奈々子、やるじゃん」って、そう言って、褒《ほ》めてもらいたかった。

でも、いくら待っても欲しい言葉は返ってこなかった。真壁は、氷で薄まったオレンジジュースをたいして美味しくもなさそうな顔で啜《すす》っている。それがいやに気に障《さわ》って、気づけば私は今まで一度もしたことのない質問を真壁にぶつけていた。

「真壁の方はどうなの？　最近、仕事続いてる？」

すると、真壁は途端に目を泳がせた。それを見て、正直すっとした。しばらくして、真壁は唇を噛んだまま、もごもごと呟いた。本当は聞こえていたけど、わざと聞き返す。真壁は小さな声で、「辞めちゃった」と答えた。

「また？」

追い立てるような口調でそう返すと、真壁は俯いたまま、こくりと頷いた。

「こんなこと言いたくないけどさ、私達いい齢《とし》なんだし、いつまでもふらふらしてらんなくない？」

　私さっき、生徒におばさんとか言われちゃったよ。

　そう言って肩をすくめると、真壁はぎくしゃくと笑い返した。私のご機嫌を窺うみたいなその表情に、すごく苛々《いらいら》した。

「仕事、ちゃんと一年以上続けたことある？　社会人一年目とかじゃあるまいし、もう人間関係が、とか言ってらんないじゃん。いつまでもやりたいことだけやって生きていけるわけじゃないんだから。誰だって、どこかでは我慢して頑張ってるんだしさ」

　私の言葉にいちいち反応して体を縮める真壁は、惨《みじ》めで情けなかった。そんな真壁の姿を見るのは初めてで、そうさせているのが自分だってことに、心のどこかで興奮していた。

　最初は弱々しく相槌を打っていた真壁が、次第に何の反応も見せなくなっていった。それでも私は、べらべらと喋《しゃべ》り続けた。真壁はいつのまにか私ではなく、店内の大きな窓ガラスに目を向けていた。雨に煙《けむ》る町の景色は、真っ白に霞《かす》んで何も見えやしないのに。

　ふいに、真壁が口を開いた。

「奈々子はさ」

　え、と問い返すと、真壁はゆっくりと私の方に向き直って、「なんで、まだ私なんかとつるんでるの？」と聞いた。

「私が、かわいそうだから？」

　そう聞かれて、言葉に詰まった。頭が真っ白になる。真壁がかわいそうなんて、そんなことあるはずがない。だって真壁はいつだって、私の憧れだった。

昔から、やりたいことがあって、行きたい場所があって。好きなものは好きで、嫌いなものは嫌いで。自分の夢があって、意志があった。だから、憧れた。真壁みたいになりたかった。だって、私と正反対だったから。

なのに、なんで答えられないいんだろう。真壁をかわいそうだなんて思うはずがない。その理由をどうして、過去形でしか語れないいんだろう。

その瞬間、いつかの真壁の言葉がフラッシュバックした。中学生の時、私が小宮さんを一緒のグループに入れようとした時の、真壁の台詞《せりふ》。

奈々子は『かわいそう』が好きなんでしょ。

あの時の真壁の、怒ったような顔が頭に浮かんで。思わず、口にしていた。

「真壁だって昔、石川君と遊んでたじゃん」

言葉にしてから、思った。私、何を言ってるんだろう。だって真壁からしたら、もう覚えてすらいないことかもしれない。何小学生の時のこと持ち出してんのって。石川君って誰？　って。そんな昔のこと言われたって思い出せないよ、って。一蹴《いっしゅう》されてしまうかもしれない。でも真壁は、こう答えた。違うよ、って。

「私はあの時、石川君と遊びたかったから遊んだの。自分がしたかったからそうしただけ。私は一度も、石川君を『かわいそう』なんて思ったことない。そういうのって、違うと思う」

そう言って、真壁はようやく私の顔をしっかりと見据《みす》えてくれた。

「だから私、色紙も書かなかった。絶対書くもんか、って思った。だってあんなの、嘘だもん」

真壁はそう言って、すぐに私から顔を背けた。私はあの時、少しだけ嬉しかった。真壁がそれを、覚えていたこと。少なくとも真壁にとってあの出来事が、取るに足らない、記憶に残す価値もないようなことじゃなかったんだって、わかったから。

「なんで、禁煙席にしたの？」

長い長い沈黙の後、私から口を開いた。

「子どもでもできた？」

いつもと違う、ファミレスでの待ち合わせ。先に入っていた真壁が選んだ、禁煙席。真壁は今日、煙草もライターも出していない。真壁はようやく顔を上げて、首を振った。

「ただ、煙草止めようと思って」

なんで、って聞いたら、真壁は消え入りそうな口調で、「色々ちゃんとしようと思って」と答えた。

「結婚したい人がいるから」

それから私の返事を待たず、言い訳するみたいに、「だから、家のことも仕事のことも、一からやり直してみようと思ってて」とか「ずっと、奈々子に相談しようと思ってたんだけど」なんて、意味のないことを言い続けていた。

「今度は、煙草吸わない人なんだ？」

真壁の言葉を遮り、わざと平坦な口調でそう問いかけると、真壁は一瞬だけ目を見開いた。何か言いたそうに唇が震えて、でも、真壁は何も言わずにきゅっと口を結んだ。いつか見たことのある、寂しそうな笑顔で。

外では、さっきよりさらに勢いを増した雨が、ザアザアと地面を打っていた。

それからどうやって真壁と別れたのかは、よく覚えていない。私が先にファミレスを出たのか、それとも真壁から席を立ったのか。わかっているのは、私が真壁に、祝福の言葉を言いそびれてしまったこと。「おめでとう」だけじゃない。たくさんの「ごめんね」も「ありがとう」も、どうしてあの時私を呼び出したのか、その理由を聞くことも。

あの出来事以来、私達の連絡は途絶《とだ》えた。当然だ。私はそれだけのことをした。本当は、謝りたかった。あれから何度も何度も、メールだけでも送ろうとした。でも、できなかった。送ってみて、もしエラーメッセージが返ってきたらどうしよう、って。それを確かめるのが怖くて。

でもやっぱり、真壁は真壁だった。それから何度か季節が巡り、苦い記憶も薄れかけた頃、その手紙は届いた。身に覚えのない、結婚式の招待状。最初、それが真壁からのものだと気づかなかった。名字が変わっていたから。一緒に入っていた手紙には、昔と変わらない懐かしい文字で、「奈々子へ」と書いてあった。

久しぶりだね。お元気ですか。学校はどうですか。先生は大変ですか。私は元気でやってるよ。

手紙の最後には、あの時言えなかったけど、の枕詞《まくらことば》とともに、「友人代表のスピーチをお願いします」の文字があった。「お願いできますか」じゃなくて、きっぱり「お願いします」なのが真壁らしいな、って思ったら、笑ってしまった。笑った後、たまらなくなり、少しだけ泣いた。

封筒には、式の返信用ハガキの他に、一枚の写真が入っていた。それは、とある街の風景だった。飾り窓に彩られた、玩具じみた建物の前には、大きな運河が横たわっていた。そこで、ボートに揺られながらピースする、真壁がいた。

写真の端にはマジックで、「人生で初めてのボーナスは、海外旅行に消えました」というメッセージが添えられていた。

カメラの主に向かって、くつろいだ表情で笑う真壁は、本当に幸せそうだった。私がいつも真壁に対して感じていた寂しさは、微塵《みじん》も感じられなかった。だから、決めることができた。このスピーチを引き受けること。

私はそこで筆を止め、机の置時計へと目を遣った。壁越しに聞こえた騒音は、隣人のポストに朝刊が投げ込まれた音だったらしい。ここ一帯を担当している新聞配達員の男の子は、いつ来ても体力が有り余っている。今日も大きな足音を立てて、元気にアパートの階段を駆け下りて行った。

時計の針は、午前四時四十三分を指していた。外では、カラスの鳴く声が聞こえ始めた。窓の向こうには、夜が明けたばかりの、雲一つないきれいな空が広がっている。きっと、今日も一日よく晴れるだろう。結婚式日和《びより》だ。

眠気でぼんやりとした頭で、ふと思う。真壁は今、何をしてるんだろう。朝に弱い真壁のことだ。まだベッドの中だろうか、それとももう目を覚ましているだろうか。でも、本当は考えるまでもない。花嫁の朝は、とても早いらしいから。

真壁は今日、どんなドレスに身を包んで、バージンロードを歩くんだろう。そう言えば私達、結婚式でどんな衣装を着たいかなんて、そういう話は一度もしなかったね。でも、大丈夫。真っ白なウェディングドレスを着たあなたは、今までいちばん美しいはずです。その隣にいるあなたの旦那さんは、きっとやさしい人でしょう。だって、あなたが選んだ人なんだから。

そういえば、式にはご両親が揃《そろ》って出席すると聞きました。よかった。素直にそう思えました。同時に今更《いまさら》ながら、真壁は真壁の人生を生きているんだと、とても当たり前のことに気づきました。いつかその一部分を、あなたの口から聞くことができるかな。

私は今もまだ、手紙を書いています。あなたに向けての手紙です。あれからあなたに何を言おうか、何を伝えようか、考えるのに何日かかっただろう。何枚紙を無駄にしただろう。でもそれも、今日で終わり。

私がずっと書きあぐねていたのは、永遠にお披露目《ひろめ》することのない、私だけのスピーチです。だって本当の気持ちなんて、二人の親族の前でも、旦那さんの前でも、ましてやあなたの前でなんて、言える訳がないじゃない？　だからこの手紙が、あなたの元に届くことはないでしょう。

私は今日、あなたの前でスピーチをします。冠婚葬祭のマニュアル本から盗み見た、つまらない定型文に満ちたスピーチを。本当は、なんて絶対言わない。親友だけが知っている打ち明け話なんて、してあげない。だって今度こそあなたに、きちんと「おめでとう」を言いたいから。そのスピーチの中でなら、ちゃんと上手に、「おめでとう」を言える気がするんです。

＊＊＊

では、最後に。真壁、結婚おめでとう。幸せになってね。そして末永く、幸せにお過ごしください。山口奈々子より。

待ち合わせを君と

その声には、覚えがあった。

しま子は声を張り上げるのが苦手で、いつも囁《ささや》くようにものを言った。特に、初対面でしま子の第一声を聞き取ることができた人間を、僕は今まで見たことがない。

しかしだからといって、聞き返したところでしま子の声が大きくなるわけではないのだ。すみません、もう一度。もう一度。そんなやり取りを繰《く》り返すうち、萎縮《いしゅく》したしま子がますます小声になり、見かねた僕が隣から助け船を出す、というのが僕らの常だった。

やがて、しま子の声に耳を澄《す》ますのは、僕の癖《くせ》になった。しま子が傍《そば》にいても、いなくても。しま子の傍を離れて一人食事をしている時も、しま子の知らない町を散策している時も、部屋に籠《こも》っている時も。しま子が僕に助けを求めた時、すぐに駆け付けられるように。

だから、しま子が変わってしまっていたら――、例えばしま子が、家族連れで賑《にぎ》わう遊園地の真ん中で、無遠慮に大声を張り上げられるような人間になっていたなら。僕は今、しま子の呼びかけに気づけなかったかもしれない。

「小野寺《おのでら》君」

鈴が控《ひか》え目《め》に体を揺らすような声に導かれ、足を止めて振り返る。そこに、しま子がいた。と言っても、今目の前にいる中年女性のフォルムは、僕の記憶にあるしま子の姿と、重なるようで重ならない。

背中まであった長い髪はばさりと切られ、肩より短いショートボブになっている。あの頃あまり好きじゃないと言っていたスカート。しま子は、膝丈《ひざたけ》よりも少し長い、浅葱《あさぎ》色のワンピースを身に着けていた。

顎《あご》周りにはふっくらとした肉が付き、両手に紙コップを握りしめた腕は以前よりもがっしりとして、しま子が今送っている生活の一端が窺《うかが》えた。皮膚からは瑞々《みずみず》しさが消え、満天の星のように無数のシミが散らばっている。

しかしその分、若い頃に感じていた、張り詰めた糸のような緊張感や神経質さが抜け、どことなく柔《やわ》らかな人相に面変わりしていた。

相応の年の取り方をしている。そう思った。次に考えたのは、自分のことだった。僕はこの二十年で、どんな年の取り方をしただろう。

子どもを抱えた男性が、往来の真ん中で急に立ち止まった僕を迷惑そうに睨《にら》みつけ、追い越して行った。抱きかかえられた男の子は、手に持ったソフトクリームを美味《おい》しそうに頬張《ほおば》っていた。ずっと昔ここに来た時、僕の娘も同じものが欲しいと言って駄々《だだ》をこねたことを思い出した。

「おかあさーん」

久しぶり、と声を掛けようとしたその時、小さな女の子が今にも転んでしまいそうな足取りでしま子の元へと駆《か》け寄った。風になびいたワンピースに絡《から》めとられそうになりながら、しま子の下半身に両腕を回す。小さな手には、赤い風船が握られていた。

「これね、クマさんがくれるって」

そう言って、しま子に風船を突き出す。僕らの後ろ、入園ゲート近くの広場からそう離れていない場所で、クマの着ぐるみが子どもたちに風船を配っていた。

良かったね、ちゃんとありがとうって言った？　コップを置き、その子の前髪を撫《な》でつけるしま子は、僕の知らない顔をしていた。子どもは苦手だ、母親になれる自信がないとこぼしていたしま子。でも、今目の前にいる女性は、誰がどう見ても立派な「お母さん」だ。

振り返り、くりくり動くつぶらな瞳を僕に向けたその子は、多分小学校にあがる前くらいの年齢だった。垂《た》れ目垂れ眉《まゆ》、少し潰《つぶ》れた団子鼻が、しま子によく似ている。

「この人誰？」

その子の問いかけに、しま子はすんなり「お母さんの同級生」と答えた。同級生。その答え方には、既視感があった。さらりと吐き出されたそれは、僕らの今の関係性を示すのに、最も適した答えのように思えた。

「ほら、挨拶《あいさつ》して」

しま子はそう促《うなが》すが、照れもあってか、その子はあからさまに気乗りしない様子で、ひょこりと頭を下げた。すぐに、しま子の陰に隠れてしまう。しま子はその子の頭を撫でながら僕の方

を向き、

「娘」

と微笑《ほほえ》んだ。家族で来てたんだけど、と続けるしま子に、娘だというその子が「おとーさんとおにーちゃん、まだ?」と口を尖《とが》らせる。

もうちょっと待ってね、ほら、ジュース買って来たから飲もう。そう言って紙コップを差し出したしま子は、今度は僕に向かって、上の子がジェットコースターに乗るってきかなくって、と笑いかけた。

「最近の絶叫マシンて、すごいんだね。この娘はまだ乗れないし、私も苦手だから。それで、待ってるの」

小野寺君は、と聞かれて、僕も、と答える。

「僕も、娘を待ってる」

もうすぐ中学生になるんだ、と続けると、しま子は辺りを見回し、「そのくらいの年になっちゃうと、この辺の乗り物じゃ退屈だよね」と苦笑いした。しま子の視線の先には、コーヒーカップやメリーゴーラウンドといった、比較的子供向けの遊具が並んでいた。

「私はいまだに好きだけど」

すると、しま子の娘も、「みーたんも好き!」と手を上げた。「みーたん」は、母親の手から紙コップを奪い、ごくごくとそれを飲んだ。しかし、すぐにコップをしま子に戻した。

「やっぱり、これいらない」

「え、みーたんがしゅわしゅわ飲みたいって言ったんじゃん」

「うーん。みーたん、今日はオレンジジュースの気分だった」

ませた口調でそう言い切った。もう、だから言ったのに。しま子はため息を吐《つ》き、炭酸飲料が入っているらしい紙コップを受け取る。一口、口に含んだものの、眉をひそめて唇を離した。

「ほんと、わがままで困っちゃう」

肩を竦《すく》め、そう漏《も》らすしま子に向けて、足元から「わがままじゃないもーん」と伸びやかな声が上がる。僕らは目配《めくば》せし、どちらからともなく笑い合った。しま子の、困ったような、それでいて幸福そうな笑い方。それを見た瞬間、強烈に呼び覚まされる記憶があった。


僕がしま子と出会ったのは、大学三年生の春、ゼミの懇親会《こんしん》が開かれた時のことだ。集合時間よりも少し遅れて到着した僕を、幹事のしま子が店の前で待ち受けていた。人通りの多い道路の端っこで、しま子は僕に気づくや否《いな》や、鬼気迫《ききせま》る表情でぶんぶんと両手を振ってみせた。

無人島から救助船に助けを求めるかのようなリアクションが、おかしかった。同じような光景を、それから両手で数えきれない回数目にすることになろうとは、その時は知るよしもなかった。

店の中に入った僕らは、そのままの流れで隣同士の席に着いた。そこは学生向けの騒々《そうぞう》しい居酒屋で、席ごとの呼び出しベルは設置されていなかった。同じ席の人間の声すら上手く聞こえない、という状況の中、しま子は飲み屋の店員を呼び止めようと、必死に声を上げていた。

「すみません」

僕が手を上げると、さっきまでしま子の呼びかけにそ知らぬふりを通していた店員は、あっさりこちらを向いた。しま子が振り返り、驚いたように僕を見つめる。天変地異か魔法でも目にしたみたいな顔で。

その後も、注文を告げるしま子に対して、店員から不躾《ぶしつけ》な「え?」「何ですか?」といった発言が繰り返され、僕が隣から援護する、といったやり取りが続いた。

「ありがとうございます。私、こういうの苦手で」

注文を終えた後、しま子は眉をへの字にして笑った。相変わらず、今にも消え入りそうな声だった。と同時に、随分《ずいぶん》頼りなさそうな笑い方をする子だな、と思ったのを覚えている。

どうして、「こういうの苦手」な人が幹事なんてやっているんだろう、という思いが一瞬だけ頭を掠《かす》めたけど、その場の雑多な雰囲気に押し流され、そこまで気に留めてはいなかった。

その後、全員に飲み物が行き渡り、教授が乾杯の音頭を取った。歓談の時間が取られて一時間以上経ってから、ふと隣の席に目を向けると、しま子のジョッキの中身がほとんど減っていないことに気づいた。アルコールが苦手なのかと聞いてみると、そうではないと言う。

「炭酸が、ちょっと」

どうしてか、恥ずかしそうに目を逸《そ》らすしま子を見て、僕はしま子が注文時、炭酸の入っていない普通のカクテルを注文していたことを思い出した。おそらくそれが正しく伝わっておらず、店側が間違えてしまったのだろう。

交換してもらえばいいのに、と言いかけて、さっきの店員とのやり取りが蘇《よみがえ》り、確かにあれじゃあ言いづらいかもしれない、と思い直す。しま子は、相変らずふにゃふにゃした笑みを浮かべ、申し訳なさそうに体を縮めていた。

飲み会は、実に和《なご》やかに進んだ。概《おおむ》ね大学生らしく、明るく楽しい夜だった。途中、提供されたお造りが一人分足りないというトラブルが起こったりもしたが、生ものは苦手だというしま子が自分の分を辞退したため、店に文句を付けるまでには至らなかった。

飲みの席でしま子と交わした会話に、特筆すべき点はない。自身の出身地だとか、家族構成とか。あるいは趣味とか、犬派と猫派、どっちかとか。とりとめのない話ばかりだ。

しかし、その会話を通して得ることのできたいくつかのキーワードから、しま子がここから遠く離れた港町の生まれで、父親の仕事の都合で今は大学の近くに家を構えており、趣味は読書のインドア派で、子供の頃犬を飼っていた、ということがわかった。

駅までの帰り道、それとなくしま子の隣に付いて話しかけてみた。賑々《にぎにぎ》しいゼミの一団から離れ、ゆったりとしたしま子の歩調に合わせて歩く春の夜道は、まだ冷たさの残る夜気《やき》も相まって、心地良かった。

その間、しま子が自分から口を開くことはほとんどなかった。僕の勝手なおしゃべりに、頷《うなず》くか微笑むかがせいぜいだ。店では随分無理して会話に参加していたらしい（と言っても、店内の騒々しさもあり、例によってしま子の声は周囲に届かず、ほとんど聞き流されるか、発言自体なかったことのようにされていた）。

僕がしま子にアプローチを仕掛けたのには、いくつかの理由がある。ひとつは、異性とお近づきになりたいという至って若者らしい欲求。もうひとつは、しま子という人間への、純粋な興味だ。

最近自分の最寄り駅に新しい飲食店ができた、という話題を餌《えさ》に、しま子を食事に誘ってみると、反応は悪くない。それで気が大きくなり、黙っていようと決めていた疑問をしま子にぶつけてみた。

「さっきの、嘘《うそ》？」

しま子は質問の意図がわからないというように、首を傾《かし》げていた。

「生もの、苦手なんじゃなかったっけ」

そう続けると、しま子はしばらくして、あっという顔をした。僕がしま子を誘ったのは、その頃地方への出店を開始した、安さと鮮度が売りの回転寿司のチェーン店だった。

「海の近くに生まれたのに、生ものが嫌いって珍しいなと思って。それで覚えてたんだ」

さっきは周りに気を遣《つか》ってくれたんだよね？　しかし、しま子は僕の質問には答えず、しばらく経ってからゆっくり口を開いた。

「小野寺君、耳いいの？」

今度は僕が首を捻《ひね》る番だった。

「私の声、聞きづらくないかな」

しま子はそう言うと、聞いてはいけないことを聞いてしまった、という顔をして、僕から目を逸らした。親からのお仕置きに怯《おび》える、子供みたいに。

「……全然、そんなことないけど」

そう答えたのは、しま子を安心させたい一心だった。にも拘《かかわ》らず、出した声はどうしてか、ぶっきらぼうで聞こえようによっては怒っているような声音《こわね》になった。

しま子の声は、確かに大きいとは言えない。けれど僕はそれを、聞きづらい、と感じたことはなかった。小声ながら発音は明瞭《めいりょう》だったし、滑舌《かつぜつ》だって悪くない。他の人間達がしま子に対して、どうしてあんな風に追い詰めるような聞き返し方をするのか、不思議なくらいだ。

きれいな声をしてるね。

本当は、そう言いたかった。初めて会った時から、そう思っていた。僕は、君の声が好きだ。だからだと思う。君の声を聞き逃さずにいれるのは。でも、言えなかった。照れや羞恥《しゅうち》が邪魔していたせいもある。

僕は口を噤《つぐ》み、しま子を盗み見た。僕はその時のしま子の顔を、一生忘れないと思う。嬉《うれ》しそうでもあり、泣き出しそうでもあった。必死で何かを我慢しているような、それでいて、そんな自分を恥じているような、複雑な表情だった。

僕がしま子を好きになったのは、多分この時だ。今思えばそれは、恋とは少し異《こと》なる類《たぐい》のものだったかもしれない。

この人を傷つけるすべてのものから守りたい、という気持ちと、誰より先に、誰よりも深くこの人を傷つけてしまいたい、という気持ち。相反するふたつの感情がないまぜになった、ひどく奇妙な感覚だった。

沈黙に耐えきれず、僕は苦し紛《まぎ》れに、甘い匂いがする、と呟《つぶや》いた。歩道脇の街路樹を辿《たど》り、どこからか懐《なつ》かしい花の香りが漂《ただよ》っていた。それを聞いたしま子は、くんくんと鼻をうごめかし、僕に同意しているのかいないのか、誤魔化《ごまか》すように笑ってみせた。

僕らは、それをきっかけに距離を縮めることになった。といっても実際は、しま子がはっきりとした拒絶を示してこないのをいいことに、僕が一方的に付きまとっていた、という方が正しい。

同級生からはよく、どうしてあの子を、とからかわれた。特別美人というわけでもなく、どちらかと言えば地味で垢抜《あかぬ》けず、口下手で会話も弾《はず》まない。もっと明るくて、可愛《かわい》くて、気立てのいい子がいるじゃないか、というのが彼らの言い分だった。僕はそれを聞く度、彼らは何もわかっていないのだ、と思った。

しま子はその頃、同じゼミの佐倉《さくら》という女の子と親しくしていた。佐倉は、明るく活発な性格から男女問わず幅広《はばひろ》い交友関係を持っていて、ゼミ内でも一際《ひときわ》目立つ人物だった。佐倉の周りには、いつも数人の取り巻きらしい女子達がいて、しま子もまたその内の一人だった。

佐倉は、そういう華《はな》やかな人間の多分に漏れず、良く言えば屈託《くったく》がなく、悪く言えば少し図々《ずうずう》しい性格をしていた。しま子に対しては、特に。

「しま子に任せとけば、安心だから。本当、頼りにしてるよ」

そんな台詞《せりふ》と引き換えに、信頼関係を盾《たて》にして、提出物の取りまとめや幹事役を任せている場面を何度も見た。その結果、しま子は毎度飲み会の参加費集めに苦労し、誰もやりたがらない合宿係を引き受け、講義の終わりには何かしらの事務作業で、いつもゼミ室に残っていた。

リーダーの佐倉に追随《ついずい》するように、取り巻きの女子達もしま子への態度を変えていった。悪気のない言葉でしま子をからかったり、ちょっとした用事を任せて、姿を消してしまったり。しま子はいつも、佐倉を中心とした大きな輪から少しだけ外れたところで、取り残されないようその後に続いていていた。

いじめられていた、とはちょっと違う。佐倉達のやっていたことはおそらく、多少の差はあれ、誰もが日常で行っていることだ。他者を値踏みし、利用して、集団の中に発生した利害関係を見極め、上手く立ち回るということ。

どうしてかしま子には、そういう損な役回りを押し付けてもいいような空気があった。あの気弱で人の好《よ》さそうな微笑みが、そうさせるのだろうか。他者から値踏みされ、その上で軽んじられ、利用されても構わないと、自分から手を挙げているような。佐倉は、そういうしま子の匂いをいち早く嗅《か》ぎ付けた。それだけのことだ。

つまり、しま子はいつだって、ふたつに割ったクッキーの小さい方を選ぼうとする人間だった。そしてそんな自分の人生に、駄々をこねるでもふて腐《くさ》れるでもなく、ただ静かに受け入れている。そんなしま子を、ここにいる誰よりも大人だと思った。僕がそれまでに出会った、どんな人間よりも。

僕はしま子の、そういうところに惹《ひ》かれた。もちろん、馬鹿だな、とか、もっと上手くやればいいのに、と冷めた目で見る自分もいた。にも拘らず、どこか割り切れない気持ちを抱《いだ》いてもいたのには、理由がある。

しま子が今そういう立場にいるのは、自分のような人間がいるせいだ、という思いがあったからだ。

時間にはルーズで、待ち合わせはすっぽかし、飲み会の参加費は踏み倒せれば万々歳《ばんばんざい》。面倒な役回りは口先三寸で回避して、いつだって美味しいところだけを根こそぎ奪い去りたい。僕は、目の前にふたつに割られたクッキーを差し出されたとしたら、迷わず大きい方に手を付けようとする人間だ。

僕のような人間のせいでしま子が割を食っている。そう思った。僕がしま子に近付いたのは、好きな女の子という以上に、しま子を助けることで罪滅《つみほろ》ぼしをしているような気持ちになれたからだと思う。

しま子と出会って三ヶ月程経った頃、僕らの関係に転機が訪れた。前期の終わりに開かれた研究発表会の打ち上げでのことだ。僕らはその頃には、ゼミ内でも公認のカップルとして認知されるようになっていた。

しかし、僕らの間に「付き合いましょう」という口約束はなかった。二人きりで過ごすことはあっても、その間に告白めいたことをしたり、ましてや肉体的な関係を結ぶことなんてなかった。キスはもちろん、手を繋《つな》ぐことすら。

その日の飲みは、間近に夏季休暇を控《ひか》えた解放感もあり、一次会から二次会、三次会にまで及んだ。ビールの杯を重ねた僕は、酔いに任せて終電を逃した。いつもの道をしま子に支えられ、千鳥足《ちどりあし》で歩いている最中、下心がなかったと言ったら嘘になる。

友人の下宿先に泊めてもらおうか、なんなら線路伝いに歩いてどこまで行けるか試してみようかと話していると、しま子がふいに「うちに来る？」と呟いた。その誘いに、ためらいや覚悟といったものは見えなかった。

「……いいの？」

「うん、小野寺君がいいなら。私は別に、構わないけど」

しま子は涼《すず》やかな顔をしていた。それを見ていたら、一気に酔いが醒《さ》めた。しま子は、この手の誘いに慣れているのだろうか。実はとんでもない男たらしで、僕がからかわれているだけなのだろうか。あるいは逆に純朴《じゅんぼく》すぎて、何も考えていないとか。

どちらにせよ、千載一遇《せんざいいちぐう》のチャンスを逃すわけにはいかない。僕は、しま子の誘いに乗ることにした。胸の高鳴りを感じる一方で、冷静に、おかしいぞ、と思っている自分もいた。狐につままれているような。それから間もなく、僕はその違和感の正体に気づくこととなる。

しま子に連れられて歩き、辿りついたのは、庭付きの古い一軒家だった。そこで、ようやく思い出した。しま子が今も父親と二人、実家暮らしをしているということを。

「ここ、私の家。お父さん、まだ起きてるかなあ」

あんぐりと口を開けるしかなかった。そんな僕を意に介せず、しま子は、あがって、と軒先《のきさき》からこちらに向かって手を振った。僕は半《なか》ば放心状態のまま、しま子の家の敷居を跨《また》ぐこととなった。

しま子ががちゃがちゃと鍵を回し、随分年季の入った重い玄関の戸を開けると同時に、天井の蛍光灯《けいこうとう》が閃《ひらめ》いた。しばらくの間、不規則な点滅を繰り返した後、ようやく白い光が辺り一帯を照らした。上がり框《かまち》の先で仁王立《におうだ》ちした、作業服姿の大きな影も。

昔の人にしては随分背が高く、屈強《くっきょう》な体つきをしていた。その瞬間、せめて父親に見つからず、一夜を過ごすことができないだろうか、という無謀《むぼう》かつささやかな願いは、見るも無残に打ち砕《くだ》かれた。

ただいま、遅くなっちゃった、と明るい口調で帰宅を告げたしま子は、数瞬もおかぬうちに、「これ、前に話した小野寺君」と僕を指さした。

これ、って。前に、ってどういうことだろう。話した、って何を？　様々な疑問が頭を駆け巡ったものの、口にすることはできない。代わりにぎくしゃくと腰を折り、あ、こんばんは、小野寺です、ととんちんかんな挨拶をするはめになった。

「あ、はい。はじめまして、しま子の父です」

目の前の男性は、そう言ってひょこりと頭を下げた。大きな図体《ずうたい》に似合わぬか細い声だった。他に話すこともなく、玄関に沈黙が流れる。それで二人の挨拶は済んだと思ったのか、しま子は父親に向かって、それでね、と話し始めた。

「小野寺君、終電なくなっちゃったんだって。泊めてあげたいんだけど、いいかな」

どこの世に、嫁入り前の娘に手を出そうと目論《もくろ》むどこの馬の骨かもわからない男を家に泊める親がいるだろうか。殴《なぐ》られてもおかしくない。慌《あわ》てて、あの、娘さんはこう言ってますが僕は別に野宿でも、と言いかけた矢先、しま子の父親が頷いた。

「そうしなさい。いつもお世話になってるんだろう」

しま子のこと、いつもありがとう。

その言葉に顔を上げ、会って初めて、しま子の父親を正面から見据《みす》えた。目じりに向かって垂れ下がるような眉毛や、丸みを帯《お》びた鼻。しま子の顔の造形を決定づけるいくつかの要素が、目の前の父親譲《ゆず》りのものであるということに気づいた。

しかし、父親は慌てて僕から顔を背《そむ》けた。あまり社交的な性格ではないのかもしれない。態は、ああ見えてとても臆病《おくびょう》な性格らしい。目の前のこの人に、同じような印象を持った。

あ、いや、こちらこそ、と頭を下げていると、ぷっとしま子が噴き出す音が聞こえた。なんだよ、と言うと、しま子はくしゃりと顔を歪《ゆが》ませて、だっておかしいんだもん、といつまでも笑っていた。

それから、僕はしま子と父親に促されるまま、家の中へと足を踏み入れた。六畳ほどの居間には、所狭《ところせま》しとものが置かれていた。

茶棚に箪笥《たんす》、ポットや茶碗、壁掛け時計にブラウン管のテレビ。埃《ほこり》を被《かぶ》った三面鏡と、何年も使っていないだろう小さなオルガン。季節外れの炬燵《こたつ》の下には、柄も色も統一性のない、薄い座布団《ざぶとん》が三枚、申し訳程度に敷《し》かれている。

しま子は慣れた手つきで、三人分のお茶を淹《い》れた。絵の剝《は》げ掛けた古いポットからは、勢いよくお湯が飛び出した。すでに真夏の陽気となりつつあった初夏の夜に、お茶はなかなか冷めず、いつまで経っても熱いままだった。

僕の右隣にはしま子、正面に胡坐《あぐら》をかいた父親。図らずも、結婚の挨拶のような位置関係になった。

「小野寺君は」

ふいに、しま子の父親が口を開いた。

「しま子と同じ、ゼミ、だったかな。同級生、ということなんだろうか」

えっと、あの、そうですね、と返した声は、意図せず上擦《うわず》ってしまった。

「私は、中学までしか出ていないものだから。その、大学のことはよくわからないんだ」

しま子の父はそう言って、自分で自分の言葉を恥じるように、俯《うつむ》いた。どう答えて良いかわからず、こちらも黙り込む。そっとしま子の方を覗《のぞ》き見るが、表情の変化は読み取れない。すると、しま子の父親が再びこちらに向き直った。

「しま子とは、どういった」

来た、と思う間もなく、しま子が割り込んだ。

「さっき言ったじゃない、同級生。それだけ」

有無を言わさぬその雰囲気に、父親が押し黙る。しま子が人の会話を遮《さえぎ》るなんて、滅多《めった》にないことだ。少しだけ、むきになっているようにも見えた。見たことのないしま子の反応が、何故かその時、僕のスイッチを入れた。

「今は、そうなんですけど」

意を決して口を開くと、二人は驚いたようにこちらを向いた。

「僕は、しま子さんとお付き合いしたいです。多分しま子、いえ、しま子さんもそう思ってくださっているんじゃないかと……、僕は勝手に、そう思っていて」

視線を感じてはいたものの、隣に目を向けることはできなかった。僕が喋《しゃべ》っている間、しま子の父親は怒るでも、何か言い返すでもなく、始終ぼんやりとした顔をしていた。それで僕も不安になり、言うつもりのなかったことまで言ってしまった。

「結婚したい、と思ってます。勿論《もちろん》、いやその、今は学生ですけど。卒業したらきちんとプロポーズをして、それで」

そこまで言ってやっと、僕は何をしているんだ、と我に返った。慌てて口を噤むが、もう遅い。脇の下から、脂汗がじんわりと滲《にじ》み出すのがわかった。

「そうなのか」

しま子の父は、相も変わらずぼんやりとした口調で、しま子にそう問いかけた。夢うつつ、という言葉がぴったりだ。言い出したこっちが、おい親父《おやじ》、しっかりしろよ、と発破《はっぱ》を掛けたくなるような。

しま子は、はい、とそれに答えた。それが、遠回しにではあるが、僕の告白に対する答えになっている、と気づくのに少し時間がかかった。え、本当に？　お付き合いＯＫってこと？　僕ら、付き合えるってこと？　しま子の肩を鷲摑《わしづか》みにして問い質《ただ》したい気持ちだったが、そうもいかない。

沈黙の末、しま子の父親がやっと口を開いた。怒鳴《どな》られるかもしれないし、いきなり殴られるかもしれない。思い浮かぶ限りの最悪の事態に備え、僕は身構えた。しかし父親は予想を裏切り、

「寝るか」

と呟いた。おやすみ、と頭を下げてすたすたとその場を去るまでが、あまりに自然で無駄のない動きだったので、僕はぽかんと口を開けて、それを見送ることしかできなかった。ふと手元に目を遣ると、永遠に冷めることのないように思えたお茶から、いつのまにか湯気が消えていた。

「お父さんもああ言ってるし、寝ようか」

しばらくして、しま子が立ち上がろうとした。慌ててしま子の手を摑む。そこでようやく、顔を見ることができた。目が合った瞬間、ぱっとその顔が赤く染まった。しま子が、恥ずかしそうに身をよじる。それを見てようやく、自分の思いが伝わったんだ、と実感することができた。

「あ、その」

僕は再び居ずまいを正し、しま子に向かって頭を下げた。

「よろしくお願いします」

するとしま子は、こちらこそ、と俯き、座り直してお辞儀を返してくれた。

それから僕はひとり、客間らしき和室に通され、布団を一組借りて夜を過ごした。意外にもすんなりと眠りに落ちることができた。明け方近くに、どこかから飛んで来た鳥の鳴く声で目を覚

まし、昨晩の出来事が夢ではないと、頬をつねって確かめた。

しま子をわざわざ起こすのは忍びなく、こっそり家を出ることにした。玄関でスニーカーの靴《くつ》紐《ひも》を結び直していると、背後から、小野寺君、と声を掛けられた。

驚いて振り向くと、そこに立っていたのは、しま子の父親だった。思わず、喉からひゅっと空気の抜けるような声が漏れ出た。

「昨日は、すまなかったね」

僕の様子には構わず、しま子の父親はそう言って、よいしょと床に腰を下ろした。しま子の父親が顔に浮かべた笑みは、しま子のそれとよく似ていた。

「何のお構いもできなくて。その、驚いてしまって。あまりに、急だったから。君も男だから、わかってくれると思うけど」

ごにょごにょと、言い訳するように言葉を紡《つむ》ぐ。ひどく煮え切らない態度だった。見ているこちらが、少し苛々《いらいら》してしまうくらいだった。

「あの子から聞いているかもしれないけど。ええと、うちは長いこと、母親がいなくって。しま子は、俺が一人で育てたようなものだから」

振り絞《しぼ》るような声は、けれどその後続かなかった。しま子の父が次にどんな行動を起こすのか、注意深くそれを見守る。しま子の父は、言葉を続けることを諦《あきら》めたようだった。もぞもぞと床に座り直し、もう一度深く頭を下げた。大きな体を、ダンゴ虫のように小さく丸めて。

「しま子を、よろしくお願いします」

それに、何と答えたかはよく覚えていない。どうしてか、娘さんをくださいとか、一生幸せにしますとか、その場に相応《ふさわ》しいはずの台詞を口にすることはできなかった。そうすることに、僕の中の何かが必死に抵抗を示していた。

そそくさと、逃げるようにしま子の家を後にした。振り返ってみると、中途半端に開け放たれた玄関から、こちらを見つめる父親の姿が目に入った。気の抜けた、幽霊のような顔だった。背中を冷たい汗が伝い、僕は弾《はじ》かれたように再びそこから走り出した。

何はともあれ、僕らは付き合い始めた。図書館や公園、プラネタリウムに動物園に、映画館。それからというもの、僕らは二人で、実に様々な場所へと足を延ばした。

おおよそ恋人達のデート先として思いつくところにはほとんど出かけたつもりだけど、唯一、しま子が中学の修学旅行以来行ったことがないという遊園地だけは、入園料がハードルとなり、すぐに実行に移すことはできなかった。

しま子と付き合うようになり、わかったことがいくつかある。しま子の特技は、「待つ」ことだった。思えばしま子は、いつだって何かを待っていた。飲み会の集合場所。ゼミの課題の提出物。留守番電話の折り返し。友人達との待ち合わせ。

僕とのデートだって、例外ではない。僕が待ち合わせの場所に姿を現すと、しま子はいつだって僕より先にそこにいて、おーい、おーい、と例の無人島の生き残りのようなリアクションで、僕を迎え入れるのだ。

そういうことが二度、三度と重なって、さすがに申し訳なくなり、聞いてみた。待つことは苦痛じゃないのか、と。するとしま子は、思ってもみなかったという顔で目を瞬《しばた》き、少ししてから、ぽろりとこぼした。

「そういうものだと、思ってたから」

訝《いぶか》し気な顔をした僕を見てか、しま子は言い訳するように、続けた。

「これって、お父さんの血かな」

皮肉めいたその言い方が気になり、血、と繰り返すと、しま子は「うち母親がいないって話、したでしょ」と言って、ひとり目を瞑《つむ》った。遠い記憶を呼び覚ますように。

私のお父さんとあの人は、港町で生まれたの。もちろん、私も。潮《しお》の臭《にお》いがきつい街だったな。朝、洗濯物を干すでしょう。午後には砂まみれになってるの。潮風のせいで。

二人は幼馴染《おさななじ》みみたいなもので。あの人は、昔から奔放《ほんぽう》な性格だったって、おばあちゃんがそう言ってた。お父さんの他にも、何人も男の人がいたって。

でも、誰とも上手《うま》くいかなくて。何度も何度もその街を出ては、戻って来てを繰り返して、見かねたお父さんがあの人にプロポーズしたんだって。お父さんって、そういう人なの。優しいんだよね。ああいう人間を、見捨てられないの。

ああいう人達は、お父さんみたいな人を見つけるのが上手いんだ。奪えるだけ奪って、奪うものがなくなったら、次のお父さんを見つけにいくの。昔から、お父さんの周りには、そういう人がたくさんいたよ。

結局、お父さんはそういう人達に、家も土地も、何もかも奪われて。街にいられなくなっちゃった。それで、逃げ出したの。付いて来たのは、私だけ。あの人は、来なかった。今、どこにいるのかもわからない。

なのに、お父さんはまだ信じてるの。いつかお母さんが、自分のところに帰ってくるって。そう信じてる。待ってるんだよ。家族三人で暮らしてた頃の家財道具、今も捨てられないんだ。馬鹿みたいだよね。

しま子はそう言って、口を閉ざした。誰より大人のはずのしま子が、父親や母親を振り返る時だけ、ひどく乱暴な言葉遣いで過去を語った。でもそれは、当然のことなのかもしれない。しま子が自分の両親の子供だということは、誰にも変えられない。

しま子と父親が暮らしている家は、父方の祖母——しま子の言う「おばあちゃん」の遠縁を頼り、貸してもらっているのだという。現在は、父親の細々とした稼ぎだけでは足りず、祖母の援助もあってどうにか生活を送っているのだそうだ。

「お父さんは、自分の人生をそういうものだと思ってる」

しま子はそう言って、にこりと笑って見せた。初めて会った時と同じ、はかなく頼りのない笑み。それがくっきりと、あの日の明け方に見た、父親の顔と重なる。

「……お父さんは、怒ってないの？　その、お母さんに」

口に出してから、馬鹿な質問をしてしまったと気づいた。しかし、しま子がそれを気にした様子はなかった。

「奪うくらいなら、奪われる方がずっといい」

え、と顔を上げると、しま子はどこか誇らしげな顔で、その言葉を繰り返した。

「お父さんの口癖《くちぐせ》なの」

奪うくらいなら、奪われる方がずっといい。その台詞を、僕もまた、しま子の後に続いて復唱する。

『しま子は、俺が一人で育てたようなもんだから』

いつかの、しま子の父親の台詞が頭に蘇る。おそらく父親はあの後、僕を責め、詰《なじ》るような言葉を続けたかったのだと思う。しかし、父親の口からそういった言葉が吐き出されることはなかった。

僕は、あの人もまた、しま子と同じ種類の人間なのだ、と思った。ふたつに割ったクッキーの、小さい方を選ぼうとする人間。待たせる人間と、待たされる人間。得をする人と損をする人。奪う人と、奪われる人。

「私は、そういう父さんを誇りに思ってる」

しま子はそう言って、もう一度笑った。今度は、あの頼りなげな笑みではなかった。自分だけの秘密の宝物を見せびらかすような、自慢げな笑み。

しま子のそんな微笑み方を見るのは初めてで、だから少し違和感を持った。しま子は、母に裏切られ、たくさんの人々に良いように使われた自分の父親を、一体どう思っているのだろう。

馬鹿みたいだ、と父親を責めたその口で、誇りに思っている、と庇《かば》うようなことも言う。矛《む》盾《じゅん》したその言い回しが、同時に、寸分たがわぬ正当性を持ってしま子の中に居座り続けているのだ、とわかった。しま子はそれに、気づいているのだろうか？

大学を卒業したら、少しでもお給料の高いところに就職して、今までの学費や生活費を少しずつ返していくつもりだという。いつか自分のお金で、父親を旅行に連れて行くのが夢だ、としま子は語った。

それなりに裕福な家庭に生まれ、なんとなく周囲に合わせて大学に入学し、将来にも就職先にもなんの展望も抱いていなかった僕は、なんと答えていいかわからず、ただしま子に合わせて、ぎゅっと頬に力を込めた。しま子の笑顔にどこか薄ら寒いものを感じながらも、その正体には気づかない振りをして。

付き合い始めて一年が経ち、季節は秋を迎えていた。その頃、僕はゼミの同級生──佐倉が所属しているバドミントンサークルに入ることとなった。佐倉が、僕が高校時代にバドミントンをかじったことがあるという噂《うわさ》を聞きつけたらしい（実際には、体験入部を経験したにすぎないのだが）。

「小野寺、お願い。うちのサークル、人が減っちゃって大変なんだ。学校に出す書類に、名前貸してくれるだけでいいから」

佐倉は相変わらず、人の転がし方が上手かった。

名前だけという約束のはずが、雰囲気だけでも、と見学に向かわされ、試しに、と言われてラケットを持ってみると、上手い、経験者は違う、といった言葉でその気にさせられた。それから数週間もしないうちに、僕は名前だけどころか、立派なサークルの一員として、練習試合に参加するまでになっていた。

僕が初めてのサークル活動に夢中になる一方で、しま子は少しでも家計の足しにしたいのだと、アルバイトを掛け持ちし始めていた。すれ違いの生活が続く中、僕はお詫《わ》びの意味も込めて、しま子を初めて遊園地へと誘った。

僕のおごりでいいから、と。待ち合わせは、駅前の喫茶店。そんな約束とともに、電話を切った。

しかし、僕がその約束を果たすことはなかった。その前日に参加した他大学との交流試合で、僕のペアはあれよあれよと勝ち進み、準優勝を果たした。打ち上げでは大いに羽目《はめ》を外し、調子に乗って日本酒とワインをちゃんぽんした、というところまでは覚えている。次に目が覚めた時、すっかり日は暮れ、しま子との約束の時間はとうに過ぎていた。

大慌てで服を着替え、二日酔いに足をふらつかせながら家を飛び出した。まだ、携帯電話もパソコンもさほど普及していなかった時代のことだ。しま子と連絡を取る術《すべ》はなく、一秒でも早く待ち合わせ場所に向かう以外に、僕に選択肢はなかった。

待ち合わせ場所へ向かう最中、昨晩の断片的な記憶とともに、飲みの席で佐倉がこぼしたある言葉を思い返していた。

「小野寺って、しま子といて辛《つら》くなる時ないの」

ぽつりと呟いた後、佐倉は「ごめん、変なこと聞いて」と俯いた。しかし、少ししてから急に酔いが醒めたような顔で、「私はあるよ」と言った。

「しま子といると、自分が悪者みたいだなって感じることがある」

しま子が悪いわけじゃないんだけど、と続けた佐倉に、そんなのしま子が悪いって言ってるのと同じじゃないか、と笑うと、佐倉は自分のグラスに口をつけたまま、ふうん、と共犯者みたいな笑みを浮かべてみせた。

「小野寺も、こっち側の人間か」

佐倉はそれっきり口を閉ざした。僕もまた、なんだよ、はっきり言えよ、と食い下がってはみたものの、本気ではなかった。僕は本当は、佐倉が何を言いたいのかをわかっていたのかもしれない。

店に着いた時には、目的の遊園地はすでに閉園時間を迎えていた。店内を見回してみたものの、しま子の姿は見当たらない。マスターらしき男性に声を掛けると、少し前に出たという。

「出て行く前に、近くに公園はないか聞かれたけど」

お礼を言って店を去ろうとすると、その男性はこれ見よがしに、コーヒー一杯で随分粘《ねば》ってたよ、商売上がったりだ、とため息を吐いた。

駅から百メートルも離れていない場所に、その公園はあった。ブランコの他には、名前もわからない遊具がひとつふたつあるだけの、小さな公園だ。しま子はそのすみっこで、動物の形をしたスプリング付きの遊具に腰を下ろしていた。

恐る恐る、しま子、と呼び掛ける。しま子は開いていた文庫本から顔を上げ、しばらくこちらを見つめてから、ようやく僕に気づいて立ち上がった。

「小野寺君」

遊具から降りると、大きく手を振りながら、僕の元へと駆け寄ってくる。周りには誰もいないのに。そんなことをしなくても、しま子の声は届いているのに。

ごめん、と言いかけた僕の声を、しま子が遮った。

「これからどうしようか。うちにでも来る？　それとも、ご飯でも食べて帰る？」

顔色ひとつ変えずに、僕の手を掴み、歩き出す。僕を責めることも、約束をすっぽかした理由を問い詰めることもせず。しま子のその反応に、僕は謝ることも忘れて、その場に立ち尽くした。繋がれていた手が解《ほど》け、しま子が不思議そうな顔で振り返る。

「どうしたの？　具合悪い？　それとも、今日はもうお腹いっぱい？」

こちらを覗き見るしま子は、今日一日の記憶が抜け落ちてしまったような顔をしていた。待ちぼうけを食らわされたことなど、忘れてしまったというように。

「怒ってないの」

僕は、いつかしま子にしたはずの質問を、もう一度繰り返した。

「約束、破られたんだよ。何時間も待ちぼうけ食らわされたんだ。おかしいと思わないのかよ」

自然と語気が強まり、食って掛かるような口調になった。どう考えても、僕が悪い。約束を破ったのは、僕だ。こんな風に、しま子を責め立てるべきじゃない。こんな風に言える立場でもない。わかっていた。なのに、止まらなかった。

頭のどこかで、僕がしま子を遊園地に誘ったのはしま子へのお詫びではなく、こうなることを望んでいたのかもしれない、と思った。僕はその頃しま子に対して、前にも増して小さなドタキャンや約束破りを繰り返していた。

ごめん、今日は会えなくなった。

日曜の約束、来週にずらせないかな。

飲みに誘われちゃったから、先に帰っててていいよ。

しま子はそれに、一言も文句を言ったことがない。それを忍びなく思う一方で、気味が悪いとも感じていた。

「私、ジェットコースターとか苦手なの。だからきっと、行っても楽しくなかったよ。コーヒーカップとか、メリーゴーラウンドとか、子供が乗るようなのばっかりで。小野寺君を退屈させちゃう」

じゃあ、僕が遊園地へ誘った時、どうしてあんなに嬉しそうに喜んでいたのだろう。

「……小野寺君、怒ってる?」

しま子の小さな声が、僕の耳にも聞こえなくなりそうな程かすれ、微《かす》かに揺らいでいた。

「そういうわけじゃないけど」

そっぽを向いたまま答えた僕に、しま子は一瞬何かを言いかけたけど、すぐに唇を噛《か》み締め、ぼそりと呟いた。

「じゃあ、良かった」

そして、媚《こ》びへつらうような、弱々しい笑みを浮かべた。それを見た瞬間、ざっと皮膚が粟立《あわだ》つのがわかった。いつだったか、家の玄関先からこちらを見つめる、しま子の父親の姿を見つけた時のように。

約束をギリギリで破ったり、誘いを断ったりする時、しま子は決して怒らない。泣きもしない。不満もぶつけてこない。ただ、少しだけ寂しそうな笑顔で、諦めるように笑う。そんな時僕はいつも、しま子の台詞を思い出す。

奪うくらいなら、奪われる方がずっといい。

陶酔《とうすい》したような顔で、そう繰り返していたしま子。しま子はこれまで、誰に、何を奪われたと言うのだろう。

『小野寺って、しま子といて辛くなる時ないの』

しま子が少しずつ、でも確かに奪われてきたもの。しま子の尊厳。誇り。家庭。故郷。あるいは、そのすべてだろうか。しま子からそれらを奪った人。母親だけじゃない。初めて出会った、居酒屋の店員。佐倉や、取り巻きの友人達。しま子が出会った人すべて。そこに、僕も入ってしまうのだろうか。

『しま子といると、自分が悪者みたいだなって感じることがある』

しま子といると、僕は、僕こそがしま子から奪いつくした張本人なんじゃないかと、そう言われているような気分になる。そして、心の底ではこう思ってもいる。そう仕向けたのは、他でもないしま子なんじゃないか、と。

『小野寺も、こっち側の人間か』

本当はもう、気づき始めていた。

しま子やしま子の父親は、自ら進んで小さなクッキーを選んできたわけじゃない、ということに。大きな方のクッキーが他の誰かに選ばれるのをじっと待って、クッキーを取り上げられてから、自分は奪われた人間なのだ、と主張しているだけなんじゃないか、ということに。

なんのために？　その立場を守ることで、得られるものがあるからだ。ただ奪われ続けていくだけの人生。しま子はそんな自分を、父親を許している。奪われることしかできない自分達を、許している。

自分の人生にはなから白旗を上げることで、自分を許し続けられるなら、こんなにも楽な生き方はないんじゃないのか？

それからというもの、僕は少しずつしま子を遠ざけるようになった。時には、小さな裏切りを重ねて。例えばしま子に、ゼミの課題を押し付けた。しま子と食事をする時は、なんだかんだと理由を付けて、代金を支払わせた。何度も何度も、待ち合わせをすっぽかした。

しま子との最後は、電話でのあっけない幕切れだった。アルバイト中の失敗談や、教授の面白話。なんてことのないしま子のお喋りに生返事を繰り返していると、しま子がふいに、私と別れたいの？　と呟いた。

「……そういうわけじゃないけど」

僕は、最後まで卑怯《ひきょう》だった。

「そろそろ就職活動も始まるし、卒論にも取り掛からないといけないから。少しの間距離を置こう。また電話するから」

言いながら、ぼんやりとした頭で、僕はまた約束を破るだろう、と考えていた。にも拘らず、再び同じ轍《てつ》を踏もうとしているのはしま子のせいだ、と思った。しま子が僕に、新しい約束を取り付けさせようとしているのだ。

受話器越しに気まずい沈黙が流れ、電話を切ろうとした直前、しま子の呼吸音が聞こえた。その音に、僕は密かに耳を澄ました。

「連絡、待ってるね」

僕の大好きな声が、震えるように、そう呟いた。決して聞き逃すはずのないその声を、僕は初めて聞こえないふりをした。受話器を置くと、窓の外には、その年初めての雪がちらつき始めていた。

アパートに舞い落ちた雪の欠片《かけら》は、窓のサッシに触れるや否や、まもなく溶《と》けて消えた。それから僕は、二度としま子に連絡を取ることはなかった。

たまにキャンパスで顔を合わせても、僕はしま子をあからさまに避け続けた。やがて本格的に就職活動の時期を迎え、大学へ顔を出す機会も減って、僕としま子の繋がりは、次第に薄れていった。

しま子の父親と再会したのは、丁度そんな頃の出来事だった。

「あ」

僕の声に、雑踏《ざっとう》の中、薄汚れたねずみ色の作業服に身を包んだ中年男性が顔を上げる。訝《いぶか》し気な顔で僕を見つめていた父親もまた、僕が何者なのかをすぐに把握したらしかった。

「小野寺?」

僕の横にいた佐倉が、そう言って僕の袖《そで》をつかんだ。二人そろってサークルの卒コンの買い出しに駆り出された、帰り道だった。この人誰、という視線を投げかけられ、何と答えればよいのかわからなかった。

この時、佐倉とは付き合っていたわけじゃない。しかし、他人から見ればそう映ってもおかしくなかった。僕自身、そう捉《とら》えられたとしてもかまわない、と感じていたのも事実だ。それはきっと、佐倉も同じだったのではないかと思う。

しま子の父親が、そこまで察していたのかはわからない。けれど、彼の目にも、僕らの仲は「そういう風に」映ったらしかった。

「小野寺君」

しま子の父親が口を開いた。次の瞬間、父親の顔に浮かんだのは、こちらの機嫌を窺うような例の笑みだった。

「その、ええと。悪かったね」

続けて、しま子の父親から飛び出したその言葉を、僕はすぐに理解することができなかった。しま子の父親は、半笑いのまま、申し訳なさそうに視線を落とした。

「……どうして」

それ以上は、どうしても言葉にならなかった。少し前に、僕の下宿先にはしま子からと思われる電話と、手紙が何通か届いていた。鳴り続けるベルを僕は放置し、手紙は読むことなくゴミ箱に捨てた。少しすると、その回数も減るようになった。そういえば今週は、電話が鳴っていない。そのことに気づいて、僕はほっと胸を撫で下ろした、はずだった。

なのに、僕は怒っていた。目の前の男性に。しま子の父親に。その怒りがどういう意味を持っていて、一体どこから湧《わ》き出しているのか、自分にもわからなかった。

黙り込んだ僕に、しま子の父親は、ええと、あの、じゃあ、と頭を下げ、逃げるようにその場を後にした。年末をすぐそこに控え、どこか浮き立ったような人々の陰に、父親の背中は紛れて消えた。それっきり、二度とその姿を見ることはなかった。

「小野寺？　……泣いてるの？」

しばらくしてから佐倉にそう言われて、僕は初めて、自分の頬を涙が伝《つた》い落ちていることに気がついた。でも、それだけだった。僕は涙の跡を拭《ぬぐ》い、一呼吸置いてから、行こう、と佐倉の手を握った。佐倉は驚いたように顔を上げたけど、その手を振りほどこうとはしなかった。

これを、父親に見せつけてやればよかった。後になってから、そう思った。そうしたらあの人は、さすがに僕を詰るだろうか。責任を取れと、声を荒らげるだろうか。僕はあの人に、こっぴどく叱《しか》られたかったのだ、ということにその時気づいた。

「一昨年《おととし》、亡くなったの」

その言葉に顔を上げると、しま子は、父親、と続けた。その顔には、柔らかな笑みが浮かんでいた。

「胃ガンでね。見つかってからは、あっという間だった」

たんたんとした語り口には、すでに大きな悲しみはなく、父親の死もまた、しま子の人生の一部になっているのだ、ということがわかった。

「最後は病院で、旦那とこの子と看取《みと》ったの」

ね、じいじのとこ一緒に行ったもんね、というしま子の言葉に、しま子の娘は、うん、みーたん行ったぁ、とどこまでその意味を理解しているのかわからないような顔で、頷いた。愛《いと》おしそうに娘の頭を撫でるしま子の左手の薬指には、ぷくりとした肉に埋もれるようにして、小さな宝石が光っている。

しま子の娘は、近くにいた同年代の男の子に話しかけられ、一緒に追いかけっこを始めた。どうして子どもというのは、こんなにもアンバランスな走り方をするのだろう。自分の娘が同じ年頃だった時のことを思い返そうとするけど、霞《かすみ》がかって上手く思い出せない。

母親、見つかったよ。しま子は娘を見つめたまま、天気予報でも口にするような口調で、そう呟いた。

「今は、施設に入ってる」

時々、お見舞いに行くんだ。私のことは、職員のおばさんとでも思ってるみたい。でも、子ども達と会うのは楽しみにしてる。昔は保育園で働いてたんだって、楽しそうに教えてくれる。この子達が、自分の孫だとは思ってないみたいだけどね。ぽつりぽつりと、口にする。僕は相槌《あいづち》を挟むこともできず、黙ってそれを聞いていた。

「小野寺君は?」

ふいに、しま子がこちらを振り向いた。

「どうだったの、この二十年」

僕は。僕はあの後、大学を卒業し、地元の企業に就職した。佐倉とはしばらくの間、微妙な関係が続いていたものの、互いの就職を機に、連絡を取り合うことはなくなった。何度かそれとなく、付き合わないか、と口に出したこともあった。でも、佐倉がそれに首を縦に振ることはなかった。

何年か前に、SNS上でウェディングドレスに身を包んだ彼女を見た。僕の知っている姿よりも少しばかりふくよかで、目尻には皺《しわ》が刻《きざ》まれていたけれど、僕の知るどんな佐倉よりも、幸せそうな笑みを浮かべていた。それを見て、あの時の佐倉の判断は間違っていなかったんだな、と思った。

僕はと言えば、新卒で入った会社を四年程で辞めて、転職した先で出会った同僚の女の子と結婚した。授《さず》かり婚だった。その時できた子が、今の娘だ。その頃にはもう、しま子のことを思い出すこともなくなっていた。

「あの遊園地、潰れちゃったんだってね」

しま子と約束をした遊園地。結局、行くことは叶わなかった遊園地。もう何年も前に、経営難により閉園し、跡地は住宅地として再開発が進んでいるらしい。あの喫茶店も、今はもうあるのかもわからない。

「ごめん」

やっと口にできた言葉が、それだった。それを聞いたしま子が、なんで謝るの、と笑う。

「たくさん、待たせたから」

本当は、それだけじゃない。君に謝りたいことがたくさんあった。約束を破ったこと。待ち合わせをすっぽかしたこと。君の声に、聞こえないふりをしたこと。君を裏切ったこと。君に、いわれのない怒りをぶつけようとしたこと。

困ったように僕の顔を見つめていたしま子が、口を開きかけた。次の瞬間、弾かれたように振り返る。僕もまた、しま子と同じ方向に目を向けた。いつのまにか一人になっていたしま子の娘が、地べたに這《は》いつくばり、わああ、と泣き声を上げていた。

「風船、みーたんの風船」

その声に手元を見遣ると、さっきまでそこに握られていたはずの赤い風船が、なくなっていた。どうやら、転んだ拍子に手を離してしまったらしい。風船はすでに、さっきよりも赤みを増した夕空へ吸い込まれようとしていた。そして、こうしている間にも少しずつ高度を上げ、小さくなっていく。

「みーたんの風船、お空に盗《と》られた」

そう呟いた「みーたん」は、自分で言って自分で悲しくなってしまったのか、再び怪獣が咆哮《ほうこう》を上げるような声で、ぴぎゃああ、と泣き出した。かと思ったら、きっと上空を睨《にら》みつけ、顔を真っ赤にして空に向かって叫ぶ。

「空の馬鹿！　アホ！　みーたんの風船、盗るなあああ」

どうにも怒りが収まらないらしい。慣れているのか、しま子は「アホとか言わないの」と娘を抱き起こし、怪我《けが》がないことを確認して、よしよし、と頭を撫でた。

「えらい、えらい」

この状況で、その台詞はちょっと違うような気がしたが、かまわずしま子は続ける。

「盗られたんじゃないよ。みーたんはね、お空に風船をあげたんだよ」

しゃくりあげながら、あげた？　と首を傾げる娘に、そう、と頷く。

「この前幼稚園で、ナナちゃんにお菓子あげたでしょ。あれと同じ。ナナちゃん、すっごく喜んでたじゃない。ありがとうって」

半分納得したような、していないような半信半疑の顔で、お空も喜んでる？　と口を尖らせる娘に、しま子は、喜んでる喜んでる、と繰り返した。

「ほら言ってるよ、ありがとうって」

えー、聞こえないよ、とふて腐れたように空を見上げるしま子の娘は、少し機嫌を直したようだった。それを見て、ちょっと、としま子に声を掛け、席を外した。

「……あの、これ」

戻って来てすぐ、まだしょんぼりと肩を落としたままのしま子の娘に、すでに少し溶け始めているそれを差し出した。すると娘は、「ソフトクリームだ！」と声を上げ、やっと笑顔を見せた。

悪いよ、と顔をしかめるしま子に、いいんだ、と首を振った。本当はもうひとつ風船をもらって来てあげたかったが、閉園時間が近づいてきているためか、クマの着ぐるみはすでに姿を消していた。

しま子に促され、しま子の娘は、おじさんありがとう、と頭を下げた。僕は、「誰この人」から「ソフトクリームをくれるおじさん」に昇格したらしい。待ちきれない様子で、ソフトクリームに口を付ける。真っ赤な舌を白く汚しながら、大きな口を開けて、美味しそうに口をつける。

「……さっきまで、あんなに怒ってたのにね」

しま子の言葉に、思わず噴き出した。本当だ。さっきまで怒りに身を任せていたことを忘れてしまったかのよう。しま子の娘の顔には、満面の笑みが浮かんでいた。子供の表情はくるくる変わる。

「あんな風に、怒ってよかったんだよね」

しま子が、懐かしむような口調で、そう呟いた。

「私もあの時、ちゃんと怒ればよかった。何約束破ってんのよって。馬鹿じゃないのって。ありえないって。ふざけんなって」

そんな風に思ってたんだ、と返すと、しま子は「当たり前でしょ」と大袈裟《おおげさ》に頰を膨《ふく》らませ、いたずらっぽい笑みを浮かべた。

「私から、これ以上奪わないでって。友達にも母親にも、お父さんにも。……あなたにも」

言葉に詰まっていると、でもね、私思うの、としま子は続けた。

「それでも、思いもよらなかった何かに人生を奪われてしまうってこと、あると思うんだ。生きていたら、誰にだって。だから私、この子が大人になって、たくさんの理不尽《りふじん》に自分の人生を奪われるようなことがあったら、この子と一緒になって怒りたい。怒ることを、諦めたくない」

「……それってすごく、疲れない？」

僕の質問に、しま子は、そうだね、と頷いた。

「だからさ、この子と一緒に、怒って、怒って、怒りまくって、怒ることに疲れたら、今度はこの子をたくさん褒《ほ》めてあげたい」

それで最後はこんな風に、甘いご褒美《ほうび》をあげるんだ。

そう呟いたしま子の笑顔は、相変わらず人の好い、頼りなげな弱々しいものだった。けどそこに、不安や薄ら寒さのようなものは感じなかった。だから、もう大丈夫だ。どうしてか、そう思えた。

娘がソフトクリームを食べ終わるのを待って、しま子は「お父さんとお兄ちゃん、迎えにいこっか」と立ち上がった。

「小野寺君は、もうちょっと待つ？」

そう聞かれて、少し迷った末、うん、と頷いた。

「あんまり遅いから、帰っちゃおうかと思ってたんだ」

勝手に帰ったら娘さんすねちゃうよ、と笑われて、だといいけど、と呟くと、しま子は何か言いたそうな顔で、僕をじっと見つめた。

「でも、もう少しだけ待ってみるよ」

気を取り直してそう返すと、しま子は去り際僕に向かって、

「待っていれば必ずいいことがある、なんて言えないけど」

待つのも、そんなに悪くなかったよ。しま子はそう言って、僕に背中を向け、歩き出した。

遠くから、ごめん、ごめん、と小走りで近づいてくる、同年代の男性と男の子の姿が見えたような気がした。けれどすぐに、目の前を歩く家族の群れに紛れて、彼らの背中は判別がつかなくなった。

広場の時計を見遣ると、閉園時間まで十五分を切ろうとしていた。辺りに「蛍の光」が流れ始める。ここに着いたばかりの頃、頭上にあった太陽は姿を消し、遠くに見える山の稜線には、うっすらとオレンジ色の光が滲《にじ》んでいた。

入園ゲートの方へと目を凝《こ》らしても、娘の姿は見当たらない。スマホを取り出し、メールやメッセージアプリを起動してみるが、未読メッセージはなく、しばらく待ってみても変化は見られなかった。代わりに、妻――正確には、元妻からのメールを引っ張り出す。

「さっき、家を出ました。後は、あの子の意志に任せようと思ってます。この前話したこと、考えてみてください」

最後は、「最近気温の変化が激しいので、体には気をつけてください」の文で締められていた。何を返そうか一瞬迷ったものの、適当な文面が思いつかず、止めてしまう。

今日は、娘との久しぶりの面会日だった。これを逃したら、また数ヶ月は会えない。しかし、

こうなる予感はずっと前からあった。

『次、別に来なくてもいいから』

前回の別れ際、そんなことを言われた。会っている間で唯一、娘が僕の目を見て話した瞬間だった。

会う度に身長が伸び、顔つきを変え、別人のように変わっていく娘に、どう接していいのかはやっぱりわからない。元妻からは、娘との面会の回数を減らしてほしいと言われている。新しい家庭を優先したいから、と。それは、娘の希望でもあるらしい。

『だから、学校前で待ち伏せとかやめてくれる？　友達にもバレるし、なんかキモいし』

仕方なく、ごめん、と口にすると、娘は一瞬黙り込んだ後、ぽつりとつぶやいた。

『……私に謝るくらいなら、お母さんに謝ってほしかった』

それまでの、感情を押し殺したような硬い声音とは、少し違った。思わず顔を上げると、娘はばつの悪そうな表情を見せ、僕から目を逸らした。踵《きびす》を返し、自分から離れていく娘を、引き留めることはできなかった。

あの時なんと答えればよかったのかを、ずっと考えている。多分、同じようなことはこれまでに何回もあった。娘だけじゃない。妻に対してだってそうだ。そして、かつてはしま子にも。本当は、こうなる前にすべきことがたくさんあった。

恐れず話し合うこと。誠意をもって謝罪すること。愛する人に、向き合うこと。でも僕は、日々の生活にかまけて、自らそれを怠《なま》け、放棄《ほうき》した。本当はもう遅いのかもしれない。謝ることも、弁明することも、「待つ」というこの行為すら。

『待っていれば必ずいいことがある、なんて言えないけど。待つのも、そんなに悪くなかったよ』

しま子の言葉を、じっくりと反芻《はんすう》する。僕は再び、広場の椅子《いす》に座り直した。時計は、閉園の十分前。スピーカーから流れ出したのは、本日二回目の「蛍の光」だ。その音楽に急《せ》かされるように、周囲の家族は慌《あわ》ただしく立ち上がり、帰り支度を始めた。

待ち合わせの時間は、とうに過ぎている。おそらく、娘はもう姿を現さないだろう。でも、それでも。最後に見た、娘の顔を思い返す。もう少しだけ、待ってみようと思った。

君のシュートは

あの娘《こ》のシュートは、今日も綺麗《きれい》な放物線を描く。あの娘がそれに、気づいていてもいなくても。

「夏生《なつき》、遅い。いつまでやってんの」

咎《とが》めるような視線とは裏腹に、ほのかに甘えの滲《にじ》んだ声だった。二階の窓から降り注ぐ日差しの強さに、思わず目を細める。コートからの照り返しで、体育館全体がぼんやりとした明るさに包まれていた。

「シュート練習、付き合ってもらってもいい?」

島谷奏《しまたにかなで》。その名前をすんなり口に出すことは躊躇《ためら》われた。しかし相手は、私の返答を期待していたわけではなかったらしい。バスケットボールを抱え直すと、ついて来いとばかりにずんずん前を歩き始めた。

仕方なく、ストレッチを中断して立ち上がる。言われるままに、シュート練習の列の最後尾についた。すると、さっきまでそ知らぬふりを通していたチームメイト達が、さりげなくこちらの様子を窺《うかが》い出すのがわかった。

中でも一際《ひときわ》鋭い視線を送ってきたのは、隣の列に並んでいた宮内《みやうち》先輩だった。そのすぐ後ろには、同じく三年の西《にし》先輩も控《ひか》えている。二人からは、この学校に転入してすぐの頃、挨拶《あいさつ》がなってないとかで呼び出しを受けたことがあった。元々は犬猿の仲でしょっちゅう仲間割れを起こしているくせに、こういう時だけ団結するから性質《たち》が悪い。

コート内の空気に気づいていない、ということはないと思う。それでも、奏の背中から気負いのようなものは感じられなかった。そうこうしているうちに、宮内先輩が放ったシュートがゴールを外れ、ボールが床を転がった。先輩が悔《くや》しそうに、表情を歪《ゆが》ませる。辺りからドンマイの声が上がった。

ふいに、奏を取り巻く空気がぴんと張りつめた。奏は何かを見定めるようなまなざしで、ゴールポストに焦点を合わせていた。コーチの短い笛の音とともに、床を蹴《け》って、走り出す。

奏のドリブルは、小柄な体形に似合わず力強い。手の平に吸い付くみたいなボールの動きは、練習量の豊富さの証《あかし》だ。ふいにボールが床を打つテンポが変わり、目配《めくば》せもなくパスが放たれた。どうにかそれをキャッチすると、数回のドリブルを挟《はさ》んでまた返す。奏はそれを受け取るや否《いな》や、瞬時に両足を揃《そろ》えて脇を締め、流れるような動作でシュートを放った。

ボールはそのまま、ゴールへと吸い込まれていった。まるで、奏の手とゴールが見えない糸で結ばれているみたいに。そして、ボードにぶつかることも、ネットに掠《かす》ることもなく、リングの真ん中を通り抜けた。

その瞬間、さっきまであんなにやかましかったはずの体育館の時間が止まり、辺りが静寂《せいじゃく》に包まれたような気がした。

夏生、と私を呼ぶ声にはっとして振り返る。満面の笑《え》みでこちらに駆《か》け寄って来る奏の姿がそこにはあった。それをきっかけにして、バレー部のサーブ練習や男子の野太い掛け声、靴が床を蹴る音が戻ってきた。誰かの合図で、魔法が解《と》かれたみたいに。

見事なジャンプ・シュートを決めた奏は、私に笑みを向けたまま、どういうわけかこちらに向かって手を差し伸べた。少ししてからそれが、ハイタッチを求めているんだ、ということに気づいた。

その瞬間、いくつかの選択肢が頭をよぎった。でも、いざ口に出そうとすると喉《のど》がつかえて言葉にならない。そのまま、ジリジリと時間だけが過ぎていく。五秒にも満たないわずかな時間が、永遠のように長く感じられた。

いよいよ奏の顔に不信の色が浮かび始めた頃、私達の後ろに並んでいたペアが、ドリブルを始めた。慌《あわ》ててその場を退《しりぞ》くと、奏が私の元に駆け寄り、耳元でぼつりと呟《つぶや》いた。

「下手くそ」

それが、私のパスやドリブルの技術を指しての台詞《せりふ》じゃないことはすぐにわかった。

むっとして振り返る。けど、すでに奏の横顔はそこにはない。軽やかな足どりで私を追い越し、コートの外へと転がったボールを拾い上げる。その背中に声を掛けようとした瞬間、ウォームアップの終了を告げる笛の音が体育館に響き渡った。

それをきっかけに、コート内に散らばっていたメンバーがコーチの元へと集合する。全員が集まるまでの短い間に、奏はチームメイトの兼田《かねだ》さんや篠崎《しのざき》さんから声を掛けられていた。ここぞこそ耳打ちしていたかと思うと、ふいに顔を上げ、こちらに向かって小さく手を振ってくる。その目が静かに、けれど確かに、「もう失敗は許さないぞ」と語りかけているような気がした。

慌てて手を振り返すと、兼田さん達が驚いたように顔を見合わせた。奏が満足そうに笑みをこぼす。すると兼田さんがふざけて、奏の体を軽く小突《こづ》いた。それを受けて、奏はこれまた大袈裟《おおげさ》に、肩を押さえて倒れ込んだ。

収拾がつかず、最終的にはコーチに見咎められ、こっぴどく叱《しか》られていた。かと言って、それで部内が険悪な雰囲気になることもなく、辺りからはくすくすと笑い声が上がっている。今までに何十回、何百回と繰り返されてきた、いつもの光景だ。

今ここで、嘘吐《うそつ》き、と言ったらみんなどんな顔をするだろう。奏を取り巻く友人や、先輩後輩、大人達。あの娘は嘘吐きです、大嘘吐きです。島谷奏は嘘を吐いています。

いつも明るく朗《ほが》らかで、同級生に好かれ先輩にかわいがられ、後輩からは頼られて、ちょっと浮いた存在の転校生ともすんなり友達になることができる。みんなが知ってる島谷奏は、あの娘が作った虚像なんです。そんな風に、私が声を上げたとしたら。

そこまで考えてから、自分の思いつきを馬鹿らしい、と鼻で笑った。わざわざそんなことしなくても、結果はわかっている。きっと、嘘吐き呼ばわりされるのは私の方に違いない。

うちは、父が全国に支社を持つ自動車メーカーの技術職に就《つ》いているために、昔から何かと転勤の多い家庭だった。母が早くに病気で他界したこともあって、家事や最低限の身の回りのことは、一通りなんでも自分一人でできた。その分、周りが自分より子どもっぽく見えた。

でも先に断っておくと、最初からこうだったわけじゃない。少なくとも小学生の頃は、転校の度にイチから友達を作る努力をしていた。いわゆる女の子グループの中で思ってもいないことを言い、時には無理をして道化役を買ったりもした。

けど、そんな努力が実り、ようやくその土地や学校に馴染《なじ》んだ頃、父親から転校を告げられる、というのがお決まりのパターンだった。その時点で、人間関係はもちろん、制服も教科書も流行《はや》りの遊びも、すべてリセットされてしまう。ほとんどがイチからのやり直しだ。

そういう生活を五年、十年と続けていくうちに、私はいくつかのことを悟った。

人には向き不向きがある、ということ。

見当違いの努力は身を滅《ほろ》ぼす、ということ。

苦労が必ずしも報《むく》われるとは限らない、ということ。

友達を作ること、は私にとっての不向きで、それを覆《くつがえ》すことは見当違いの努力だったし、報われることのない苦労だ。だったら、最初から諦めてしまった方が楽だと思う。変に好かれようとして人に媚《こ》びるより、自分からシャッターを下ろしてしまった方がいい。

一度割り切ってしまうと、転校生という立場は案外都合が良かった。偉いもので、十代も半《なか》ばに差し掛かると、周りもあえて私のような人間を爪弾《つまはじ》きにしようとは思わない。何もなくても、勝手に「変わり者」とか「一匹狼」とか、おさまりの良い呼び名をつけてくれる。多様性バンザイ、個性を伸ばす教育バンザイだ。

そんな風にして、私は今までそれなりに上手くやってきたはずだ。すべてが完璧ではないにしろ。少なくとも、自分ではそのつもりだった。それがどうして、こんなことになってしまったんだろう。

『遠藤《えんどう》さん、ちょっといい？』

その日お昼を食べ終えたところで、急に声を掛けられた。それは、高校生になって二回目の夏を迎え、ようやく新しい学校にも馴染み始めた頃のことだった。

経験上、ちょっといい？　と言われてちょっとで済んだ試しはないし、教室で声を掛けられること自体レア中のレアだったから、それだけで厄介《やっかい》な用件だな、ということは予想がついた。

奏は少し緊張した面持《おもも》ちで、でもそれを隠すように、クラスではお馴染みの柔《やわ》らかな微笑《ほほえ》みを浮かべていた。なんと答えるべきか迷っていると、それを見ていたらしいクラスメイトが、遠くから茶々を入れてきた。

『やだ奏、呼び出し？　告白でもすんのー？』

奏がいつも一緒にいるグループの子達だ。

『そうそう。バスケ部同士、交流を深めようかなと思いまして』

その子達が一斉に、うわ、うぜー、とか、遠藤さん困ってるじゃん、とか野次を飛ばす。それに交じって、よっ、さすが次期部長、なんていうひやかしの声も聞こえた。

『ちょっと。それやめてよ、まだ決まってないって』

『えー、だってもうほぼ決定なんでしょ？　言ってたよ、バスケ部の子』

『奏が部長とか、うけるわ』

『本人がいちばんそう思ってるんじゃないの？』

『遠藤さん、調子に乗ったら逆にシメていいからね、こいつ』

　目の前で繰《く》り広げられるかしましいやり取りは、別世界の出来事みたいで現実味がない。そうこうしているうちに、自分が奏の誘いを断るタイミングを見失ったことに気づく。友人に向かって、べ、と舌を出す奏の顔を見ながら、どこまでがこの娘の作戦なんだろう、と思った。

　奏は同じバスケ部の生徒で、部員では唯一のクラスメイトだ。小学三年生で始めたバスケは、転校の度に「やり直し」を繰り返していた私の人生における、数少ない例外だった。とはいえ、昔から貫いてきた人間関係へのスタンスを変えるつもりはなかった。

　個人的に誰かと親しくする気はないし、特定の派閥に所属することもしない。私のポジションはチームの花形とも言えるスモールフォワードで、それだけはどの学校でも変わらなかった。特にオフェンス力には自信があって、人によっては高慢に映るのかもしれない態度も、実力さえあれば許された。私はバスケの、そういうところが好きだった。

『ラッキー、誰もいない』

　そう言って扉を閉めると、奏はひとりでコートの奥へと走り出した。

『私、無人の体育館って好きなんだよね。なんかちょっと悪いことしてるみたいじゃない?』

そう言いながら、広いコートの真ん中でくるりと回転してみせる。奏の動きに合わせて、制服のスカートがふわりと浮かんだ。昼休みの体育館は午前中の熱が引いて、思っていたよりずっと涼しかった。

人気《ひとけ》のない体育館は、普段よりも広く感じた。二人で占拠《せんきょ》するなんて、確かに悪いことをしているみたいだ。見慣れない風景に、新鮮な気持ちで周囲を見回した。今までに、たくさんの学校を見てきた。でも不思議なことに、体育館だけはどこに行っても印象が変わらない。

高い天井に、ステージと緞帳《どんちょう》。床に引かれたコートの仕切り線に、両脇のバスケットゴール。内装や内観が、というよりは、その佇《たたず》まいや雰囲気が。だからだろうか。慣れない環境でも、体育館にいる時だけは落ち着いた。

ふいに、遠藤さん、と呼ばれて振り返ると、いつの間に引っ張り出してきたのか、奏はその手にバスケットボールを持っていた。

『ちょっとだけ、遊んでみない?』

奏の瞳が、挑発するように私を見つめている。

『遠藤さんがオフェンスで、私がディフェンスね。三回勝負。どうかな』

言い終わるか終わらないかのうちに、ぽんとパスを放った。奏は時々、こういう話の持って行き方をする。相手に意思決定を委《ゆだ》ねるようでいて、その実、決裁権のすべては奏が握っているみたいな、ちょっと強引なやり口だ。

初めて出会った時も、そうだった。私が転校して間もなく、体験入部でバスケ部を訪れた時のこと。

顧問から、クラスメイト同士仲良くしてね、と紹介されると、奏はいのいちばんに握手を求めてきた。自分の手が払いのけられることなんて、一ミリだって想像していないような無防備な仕草で。

『遠藤さん、だよね。私、島谷奏。奏でいいよ。うち、点取り屋が少ないから助かる。よろしくね』

躊躇っていると、奏はぐいと私の腕を引き寄せた。そのまま無理やり、握手の形に持っていく。そして顧問には聞こえないような小さな声で、

『形だけ、形だけ』

そう呟いた。咄嗟《とっさ》の出来事に、振り払うこともできなかった。苦手かも、とその時思った。

私、この娘のこと苦手かもしれない——。今から考えると、その予感はすべて正しかったことになる。

1on1の勝負は、三回とも私の負けで終わった。残念ながら、奏に負けるのは初めてではない。それどころか、私は今まで一度として、奏に勝てた試しがなかった。

はっきり言って、かなりショックだった。というのも、奏は試合中、派手なプレイを決めるわけでもないし、足が速いとかジャンプ力があるとか、運動神経がすごく良い、ってタイプでもない。特筆すべき点があるとしたら、シュートの成功率くらいだ。

なのに、勝てない。これはもう、相性と言う他ないのだろう。果敢《かかん》に攻めても手応《てごた》えがなく、まさに暖簾《のれん》に腕押しをしているような気分になってくる。奏のプレイはぬるりとしていて、手触《てざわ》りがない。それはどこか、奏自身の笑顔に似ている。そういうところが、苦手だった。

『よっしゃ』

苦し紛れに放ったシュートを鮮《あざ》やかにブロックして、奏は着地とともにガッツポーズを決めた。変にクールぶったりするんじゃなくて、素直に喜んでいるのが余計憎たらしい。

『そろそろ戻ろっか』

黙っていると、奏が気を遣《つか》ってか、壁の時計に目を向けた。確かに、五時限目が始まるまでもう十分もない。でもそれが、勝ち逃げされるみたいで癪《しゃく》だった。のろのろと駆け出した奏の背中に、ねえ、と声を掛けた。

『私に何か、話あったんじゃないの』

奏が驚いたように私を見つめ返した。わざわざ教室で話し掛けてきたにも拘《かかわ》らず、いまだに決心がついていないみたいだった。もしかしたら、私を呼び出したのは奏の本意ではなかったのかもしれない。

しばらくしてから奏が口にしたのは、予想通り、部活中の私の立ち振る舞いのことだった。

遠藤さん、この前西先輩の誘い、断ったでしょう。練習終わりの、カラオケ行こうってやつ。あれね、遠藤さんの歓迎会も兼ねてたんだ、実は。言わなかった私達も悪いんだけどね。えっとその、サプライズだったから言えなかった、ってのもあるんだけど。

別に無理に仲良くしよう、とかそういうんじゃないんだ。押し付ける気もないし。もちろん、遠藤さんの実力はわかってるよ。ここだけの話、先輩達よりずっと上手いと思うしね。

でもさ、バスケってチームプレイじゃない。レギュラー目指すんだったら、個人の力だけじゃうまくいかない時もあると思うのね。そういう時こその協力っていうか。なんていうか普通に、遠藤さんと仲良くしたいんだよね、みんな。遠藤さんのこと、好きだから。

そんなようなことを、もう少し回りくどく、オブラートに包みながら、奥歯にものが挟まったような言い方で、奏は話した。

要約すると、私の態度は上級生達の機嫌を損《そこ》ね、このままだと実力に拘らずレギュラーを取ることはできないし、なんなら試合に出ることも難しいですよ、という一方的な通告だった。

私の性格をよしとしない人種がいる、ということは知っていた。実際にこの学校で、自分を快《こころよ》く思わない先輩がいることも。どこの学校に行ったって同じだ。そんなのは、もう慣れっこのはずだった。

でも、なぜだろう。心底申し訳なさそうに、媚びるような表情で「先輩の意見」を代弁する奏を見ていたら急に、今までにない感情がお腹の底から湧いてくるのを感じた。

『だから、最低限の付き合いっていうか、責任っていうか。そういうのも考えてくれると、少し助かる』

無事にすべてを伝えた安心感からか、奏はほっとしたように笑みを浮かべた。わかってくれるよね、私も辛いんだよ、というように。と同時に、昼休みの終了を告げる予鈴が体育館に鳴り響いた。あ、やばい。次の授業なんだっけ、全然準備してないや。そんなことを言いながら、出口へと向かう。

『助かるって、何』

するると、奏がぴたりと足を止めた。

『なんで私が、あんた達を助けなきゃなんないの。そんな義理、ないし。押し付ける気はないとか言って、それほとんど押し付けじゃん』

そこまで言って、自分の手が微かに震えていることに気づいた。怒っていたからだ。腸《はらわた》が煮えくり返りそうになるくらい、腹が立って腹が立って仕方がなかった。この感情はもしかしたら、さっきの１ｏｎ１の結果に無関係ではないのかもしれない。

『どうせまた、三年がごちゃごちゃ言ってんでしょ？　くっだらない。なんでバスケだけに集中できないわけ？　私を理由に揉《も》めたいだけじゃん。そういうのに、私を巻き込まないでくれるかな。どうせこの学校だって、いつまでいれるかわかんないし』

奏は本当は、さっき私に言ったようなことを微塵《みじん》も思っていないに違いない。チームプレイがどうとか、友達になりたいとか。私のことが好きだとか、全部嘘だ。嘘に決まってる。

『私は別に、友達とか作るつもりないし、みんなのことも好きじゃない。あんたのことだって、そう。だからもう、私にかまわないで』

俯《うつむ》いたまま、吐き捨てるようにそれを言う。

奏は今、どんな顔をしているんだろう。悲しんでいるだろうか、驚いているだろうか。あれこれ想像してみたけど、どれもしっくりとは当てはまらない。しばらくの沈黙の後、奏がようやく口を開いた。

『遠藤さんって、結構痛い人？』

まるで血液型を確認するみたいな、素っ気《そけ》ない聞き方だった。

『私にかまわないで、とかドラマじゃないんだからさ。そんなの、かまってって言ってるのと同じようなもんじゃん。言ってて恥ずかしくない？』

その言葉に、思わず顔を上げる。それより早く、奏が口を開いた。

『後さ、友達は作りません、とかいう発言も冷静に考えて痛くない？　普通言わないよね、思ってても。あえて宣言しちゃうところが、痛いっていうかなんていうか。不器用かよ』

奏はそこまで言って、少し考えるように間を置いた後、あ、でも、と声を上げた。

『遠藤さんに私達を助ける義理はない、ってのは、ちょっとわかるわ』

そこでようやく、思い出したようににこりと笑って見せた。教室で声を掛けてきた時と、まったく同じ笑い方。奏の笑顔はどうしてこんなに薄べったくて、嘘臭いんだろう。

『だって遠藤さん、私のこと嫌いなんだもんね』

ちくりと針を刺すみたいな、嫌味たらしい言い方だった。

『あ、でも安心して。私も遠藤さんみたいなタイプの女子、わりかし苦手だから。でね、ここからが本題』

そう言って、人差し指をぴんと伸ばす。遠藤さんは私が嫌いで、私も遠藤さんのこと、そんなに好きじゃない。だからこそ、の提案なんだけど。

『うちら二人で、親友ごっこしてみない？』

そう言い放った奏は、何故か自信満々の顔つきだった。ぽかんと口を開けた私に、少しもたじろぐ様子はない。その時、ようやく気づいた。どうして私が、あんなにも怒っていたのか。

奏が本質的には「こちら側の人間」だからだ。私達は正反対の性格のようでいて、多分似ている。むしろ、正反対だからこそすぐにわかった。私が距離を保つことで人との関わり合いを避けてきたように、奏は逆のやり方で、やっぱり誰とも関わってはいないのだ。


その日を境に、私と奏の親友ごっこが始まった。奏曰《いわ》く、これは持ちつ持たれつの関係であり、あくまで利害が一致した同士の「ごっこ遊び」。その方が、何かと都合が良いんだそうだ。

『早くどうにかしろって、毎日先輩達からせっつかれてるんだから。一年は一年で、先輩達がギスギスしてて怖い、とか言うしさあ。やりづらいことこの上ないわけ』

『とにかく穏便《おんびん》に済ませたいのよ。私、ガチで次の部長狙《ねら》ってるから。コーチにいじめとか思われても困るじゃん』

『今更友達作りとかだるいっしょ？　てか無理でしょ、カラオケ行こ、とかＬＩＮＥ交換しよ、とかのノリ。私とごっこ遊びやってくれたらさ、間に入って上手くやるから』

『そういうことで、明日から名前呼びね。朝練で意気投合したとかなんとか、適当に理由作っとくから。え？　いいんだって、わざとらしいくらいの方が。こういうのは形が大事なんだから。

最初に言ったじゃん、覚えてないの？』

『今更断らないよね？　だってこのままじゃ、遠藤さん十中八九《じっちゅうはっく》レギュラーから外されるよ。バスケ、できなくなっちゃうよ。それ、いちばん嫌でしょ？　だったらちょっとは協力してよ』

この学校にいる間という期限付きで、私は奏の提案を受け入れることにした。結局、最後の脅しがいちばん効いたかもしれない。奏は、私が突かれて痛いところをよく知っている。そのことに対して腹を立てると同時に、どうしてか納得している自分もいた。

それからというもの、私達は常に行動をともにするようになった。その上で、いくつかの約束事もある。部活中のペア練習を一緒に行うこと。先輩や後輩とのやり取りは、基本的に奏を介すること。お互いを名前で呼び合うのは、周囲に人がいる時だけ。だから二人きりの時、奏は私を以前と変わらず、遠藤さん、と苗字で呼ぶ。ちなみに私はというと、今まで一度も奏の名前を上手に呼べた試しがない。

こうして偽りの親友ごっこを演じるうち、奏について知る機会も増えた。奏が本当は、類を見ない程の毒舌家であること。滅茶苦茶《めちゃくちゃ》計算高くて腹黒いこと。学校ではその性格をひた隠しにしていること。その擬態の仕方が、オスカー俳優並に上手いこと。それらを「円滑《えんかつ》に生きていく為《ため》の知恵」と言って、まったく悪びれていないこと。

プライベートのことも、少し。母親はお花の先生で、父親は地銀に勤める銀行マン。三人姉妹の次女であること。愛犬マロンとは十年来の付き合いで、家族と同じくらい大切な存在だってこと。

中には、周りに聞かれたらこれを言ってと、半ば強制的に聞かされた話もある。だから、どこまで本当かはわからない。でも、たったひとつだけ自信を持って、事実だと言えることがある。それは、奏が私と同じようにバスケを愛しているということ。

奏のポジションは、二番。外からの攻撃を得意とするシューティングガードだ。かれこれ五年以上、このポジションを守っているという。

努力の跡はすぐに見てとれた。決して大きいとは言えない奏の手は、突き指のしすぎで所々関節が不自然に太くなっていたし、朝晩毎日続けているというランニングの甲斐《かい》もあって、試合終了まですばしこく立ち回るスタミナとそれだけの粘《ねば》り強さを持っている。

何より、奏のシュートは美しかった。チームメイトの誰より、そして、私が今までに見てきたどの選手よりも。それが、生まれ持った才能や恵まれた環境によって育《はぐく》まれたものじゃないことぐらい、私にもわかった。

どんなに崩れた体勢からでもボールを放つことのできる体幹の強さは、地道な基礎練習のたまものだったし、そのしなやかなシュートフォームは、気の遠くなるような回数、奏が繰り返してきたであろう、反復練習に由来している。

私はそれらが、ひたむきな向上心と血の滲むような修練によってのみ、形作られるものだということを知っていた。

でもこれは、奏には絶対に教えてやらない。言ってもどうせ、調子に乗るだけだ。

なんだか良いところばかりみたいで悔しいので、残念なところもひとつ。奏は、歌があまり得意じゃない。というか、下手だ。近年稀にみる音痴だ。教室で、グループの友達と一緒に披露していた鼻歌が、壊滅的だった。

これは逆に、時々教えてあげようかとも思う。周りの友達は、気を遣って言えないみたいだし。でも、歌を口ずさんだ後の奏は決まっていつもドヤ顔で、それはそれでおかしいので、このままで良いか、とも思っている。

錆《さ》びた取っ手を摑《つか》んだ瞬間、先客がいることに気づいた。日中はうるさいくらいの蟬《せみ》の鳴き声も、今は聞こえない。外の空気はまだ冷たく、辺りにはしっとりと肌を濡《ぬ》らすような朝靄《あさもや》が立ち込めている。

そのまま耳を澄ましていると、中から聞こえていた規則正しいリズムが、ふいに乱れた。ガシャン、と大きな音がして、ボールが床に落ちる。それを聞いて、何故か少し落胆している自分がいた。いやいや、別に誰がいたって関係ないし。そう思い直し、腕に力を込める。重い扉が開いた瞬間、朝の体育館の少しほこりっぽいような匂いが鼻をついた。

「あ。おはよう」

声の主が、奏であることに驚いた。奏がシュートでミスを犯すなんて、練習でも珍しい。奏も見られているとは思っていなかったのか、気まずそうに頰《ほお》を搔《か》いている。

いつもの憎まれ口を忘れて、はよ、と普通の挨拶を返してしまった。それを聞いた奏はぷっと噴き出し、わざと顔をしかめるみたいにして、普通かよ、とだけ呟いた。

朝練で奏と出くわすことは、これが初めてではない。最初こそ、真似しないでよ、とか、プライベートは分けたいんですけど、とかぶつくさ言い合っていたけど、あまりに頻繁《ひんぱん》に会うので、最近では朝を一緒に過ごすことが当たり前のようになっていた。

この頃、私達は「バスケ部きってのでこぼこコンビ」として知られつつあった。チーム一のムードメーカーと、何かと孤立しがちな一匹狼の組み合わせは、傍目《はため》から見ても随分《ずいぶん》インパクトがあったようだ。

とはいえ、部内の風当たりは随分マシなものになったし、先輩に絡《から》まれるようなことも減った。どうやら私は、「転校を繰り返すうちに心を閉ざしがちになったちょっとかわいそうな子」ということになっているらしい。これもまた、奏の提案だった。

正直心外だけど、奏曰く、『遠藤さんみたいな性格は、同情買っとくくらいで丁度いい』んだそうだ。わかるような、わからないような。奏はいつもこういう、人を煙《けむ》に巻くようなものの言い方をする。

十本目のダッシュを終えて一息吐いていると、先にゴール下で休憩に入っていた奏が、声を掛けてきた。

「遠藤さんは、なんでバスケ続けてるの」

私達は大抵いつも、お互いに背を向けて各々のメニューをこなす。その間、会話を交わすことはほとんどない。だから、練習中に奏が話しかけてくることは珍しかった。

「なんで、って」

それきり、言葉にならず黙ってしまう。放課後のやかましさが、何故か今は恋しい。いつもはこちらが黙り込むと、それだけで瞬発力がないとか会話にならないとか文句を付けてくるくせに、今回ばかりは口を挟まず、私の答えを待っている。

これが「なんでバスケ始めたの」だったらもっとすんなり答えられる。小学校の頃、クラスで孤立していた私に担任の先生がクラブ活動を薦《すす》めてくれたから。あるいは「バスケはずっと続けるつもり?」でもいい。これは即答できる。うん、続けるよ。この先ずっと、いつまでだって。

でも、なんで続けてるの、はそうはいかなかった。今を語るのは、過去や未来を語るより、ずっとずっと難しい。そんな私の様子を察してか、奏は少ししてから、「じゃあさ、バスケのどういうところが好き?」と質問を変えた。

「……喋らなくて、すむから」

長い時間かけて出した答えは、自分でも驚く程シンプルなものだった。

「私、喋るのあんまり好きじゃないし。集団行動とかも、得意じゃないから。でも、バスケットの試合はそれをしなくても、人とコミュニケーションが取れてるって思える瞬間があって。そういうところが、好きかな」

つっかえつっかえ、言葉を繫《つな》いだ。その間、奏の反応はない。でも、私の答えに納得していない、というわけでもなさそうだった。もっと馬鹿にされたり、笑われたりするかと思っていたのに。

少ししてから、奏は慎重に言葉を選ぶようにして、ゆっくりと口を開いた。

「ボールを通じて人とつながってる、みたいな感じ？」

思いもかけない台詞に、奏の顔を見返す。

その通りだった。特に試合中は、そういうことがままある。ちょっとした目配《めくば》せとか、動きだけで、自分の意志が伝わる。相手の意志を受け取る。こっちに動くよ、とか、今パス通すよ、とかそういうの。ただお互いに、ボールの行く末を追うだけで。

だから、バスケの試合が好きだ。自分のチームが僅差《きんさ》で負けていて、残り時間もわずか。声を掛け合う間も惜しい、みたいな局面が特に。そういう時に決まって、言葉が必要なくなる瞬間が訪れる。

皮膚感覚や、視線で交わし合う情報量の多さが、言葉の速さも普段の関係性も飛び越える。あの瞬間だけ、私は人とつながることができる。友達を作らなくても、集団に馴染めなくても。時々、本当に時々だけど、あの瞬間が永遠に続けばいいのに、なんて。そう思うことだって、あるのだ。

すると奏は、含みのある笑みを浮かべて、ふうん、と呟いた。

「バスケ、本当に好きなんだね」

からかうような口調で言われて、頬が熱くなった。

「そっちだって」

あんただって、好きな癖《くせ》に。そう言おうとしたら、奏は「うん、そうね」とあっさりそれを認めた。

「でも、私は遠藤さんとは真逆だな」

え、と首を傾《かし》げた私に、奏は何故《なぜ》か少しだけ寂しそうな顔で、こう続けた。私がバスケを好きなのはね、ひとりぼっちになれるからだよ。

「私ね、シュートが好きなんだ。すごくきれいなシュートが決まる瞬間って、時間が止まったみたいな感覚になる時ない？　あれが好きなの。ボールを手離して、あのゴールリングに入るまでの、すごく短い時間があるでしょう。あの一瞬だけは、普段の人間関係とか、昨日あった嫌なこととか、つながり、みたいなものが全部切れて、ひとりぼっちの世界に来れたような気持ちになる」

あの瞬間が、永遠に続けばいいなって思うよ。

奏は床に転がっていたボールを拾い上げ、やべ、語っちゃった、と混ぜ返すようなことを言った。あーあ、私結構ストレス溜まってんのかな。

ほら、最近すごいじゃん？　西・宮内コンビが仁義なき戦い繰り広げちゃってさ。LINEとかだと、ほんっとひどいんだから。もう完全に派閥争いだよね。誰が誰をグループに招待しなかったとか、あいつが行くなら私は行かないとか、小学生かよって感じ。そんなことばっかりやってるから、肝心のバスケが下手なんだよ。練習試合とか散々だったんだから。さっさと引退しろっての。そしたら私の天下だ、ざまあみろ。

私に背を向け、息吐く間もなく喋り続ける奏は、どうにかして普段の調子を取り戻そうとしているように見えた。辛辣《しんらつ》な物言いに、いつもの余裕は感じられない。何か言葉を発する度に、少しずつ自分が追い詰められていくみたいな話し方だった。

だから私は、返せなかった。わかるよ、って。今あなたが言ってたこと、すごくよくわかるって。大嫌いなはずの奏の気持ちが、痛い程。つながりを求めている私と、つながりを断ち切りたい奏。私達は正反対のようで、とても似ている。

正直、詳しい事情はわからない。宮内先輩と西先輩の小競《こぜ》り合《あ》いは誰の目からみても明らかで、今では周囲の人間も巻き込み、部内の人間関係はこじれにこじれている。奏がよく部長になりたい、と言うのは、その辺りの事情も関係しているのかもしれない。

奏はどちらの派閥からも可愛がられている唯一の後輩だ。やれ愚痴がひどいとか、私がフォローしなくちゃとか言いながら、潤滑油《じゅんかつゆ》よろしく二つの派閥の間を奔走《ほんそう》している。そういう時の奏は、水を得た魚のようだ。

私達は、不自由だ。悲しいくらいに。そして多分、その不自由さから少しでも逃げたくて、解き放たれたくて、バスケをやっている。その不自由さの正体は多分、自分を取り巻く環境だったり、思うように生きることのできない自分自身だったりするのだろう。

ふいに背後から物音がして、一際鋭い太陽の光が差し込んだ。振り向くと、授業でここを使うらしい体操着の生徒達が顔を出し、わらわらと体育館に足を踏み入れ始めた。途端に、辺りが騒がしくなる。

「一限目、始まっちゃうね」

奏はいつのまにか、お喋りを止《や》めていた。けれど、なかなか動かない。少ししてから、意を決したように足を踏み出し、フリースローラインまで下がってボールを構えた。そのまま、シュートの体勢に入る。

いつも通りの所作と、いつも通りのタイミングでボールを放ったはずなのに、すぐにわかった。きっとこのシュートは、ゴールには届かないだろう。だって、ちっとも美しくない。奏の言葉を借りるなら、ちっとも「ひとりぼっち」のシュートじゃなかった。

予想通り、ボールはわずかに軌道を外れ、ゴールのリングにも掠らずに、ボードに弾《はじ》き返されて地面に落ちた。転がって行くボールを追いかけ、それをつかまえると、奏は諦めたように用具室へと歩き出した。

あーあ、また外れちゃった。

軽い調子で、ぽつりと呟く。こちらに向けた背中が一切の慰《なぐさ》めを拒否しているようで、私は奏になんの言葉も掛けることができなかった。ただ一言、名前を呼びかけることすら。その代わり開けっ放しの扉から、さっきまでおとなしかったはずの蟬が一匹、じんわりと鳴き始めるのが聞こえた。

いつだったか奏が私のことを、うらやましい、と言ったことがある。

『転勤族の子どもって、うらやましい』

何それ、と返すと、奏は、だってそうじゃん、と口を尖らせた。

『人間関係がどうとか、気にする必要ないじゃん。ちょっとくらい喧嘩しようが、友達ができなかろうが、どうせすぐ転校でしょう？　みんな自分のことなんて忘れるだろうし。それって、超恵まれてるよ』

目から鱗《うろこ》が落ちた気分だった。度重なる転校は私にとって、積み上げてきたものが崩されてしまう、タイムリミット付きの積み木遊びのようなものでしかなかった。私がそれを言うと、奏はわかってないな、というようにため息を吐いてみせた。

『じゃあさ、遠藤さんはその積み木のお城が失敗作だったらどうすんの？』

ぐ、と言葉に詰まった私を見て、奏はなおも語気を強めた。

『基礎はグラグラで、屋根も壁もボロボロで。そんな状態でそこに住み続けなきゃいけないことの方が、地獄じゃん』

失敗作の積み木のお城。自分の住処《すみか》をそんな風に評する奏の気持ちを、私を一生理解することはできない。失敗作、と言えるほど、大きなお城を作り上げた経験がないからだ。

私はやっぱり、今でも怖い。いずれ壊さなくちゃいけないことがわかっているのに、イチから何かを積み上げていくこと。必死にそれらを守りながら、それでもいつかは崩されてしまうというなら、何もない更地《さらち》をさすらっている方がマシじゃないか。

なのに、なんで。

なんであなたはいつ壊れるかもわからない「失敗作のお城」をそこまで大事にできるの。

思い切ってそう聞いてみると、奏は不意を突かれたような顔でこちらを見つめ返した。何それ、とか、遠藤さんには一生わかんないよ、とか。そんな風に、笑い飛ばされると思っていたのに。

『……なんでだろうね』

奏はそう答えたきり、唇を噛《か》み締めて黙り込んでしまった。じっと何かを耐え忍ぶような表情で。答えをはぐらかしているようにも、誤魔化しているようにも見えなかった。

『ていうか何、積み木のお城って。遠藤さんって、顔に似合わずメルヘンだよね』

最後はそんな憎まれ口を叩《たた》かれて、奏との会話は終わった。奏が、どこまで本気かもわからない口調で呟いた。私もいつか、転校生になりたいな。

「夏生、お代わりいる？　私、取ってこようか」

奏が腰を上げると、一年生達がそれを押し留《とど》め、慌てたように立ち上がった。私も、私も、と次々席を立った後輩達を見送り、奏は困ったような顔で椅子《いす》に座り直した。

「島谷、いいから座ってなよ。下の子達にやらせればいいじゃん」

宮内先輩がメロンソーダのストローを咥《くわ》えたまま、そう言った。

「遠藤さんもいるんだし。せっかくだから色々語ろうよ、ね」

私に目を向け、にっと歯を見せる。その瞳の奥は、ちっとも笑っていなかった。

その日、五時限目が終わってすぐ、宮内先輩が私の教室を訪ねてきた。バスケ部にとっては、テスト期間が最後の休暇となる。これが終わったら、夏季大会に向けて全力疾走だ。この時期に、三年が二年の教室にまで顔を出すことは珍しい。

私と上級生の関係は、今もなお冷戦状態を保っている。表立って諍《いさか》いが起きていない分余計、私は上級生にとって扱いづらい存在となっていた。

そんな中、今まで先輩との間に立ってくれていたのが、奏だった。LINEのグループに入っていないのも古い機種を使っていてとか、カラオケを断ったのはいじめられたトラウマがあってとか。付き合いが悪いのは、母の代わりに家事をしなくちゃで云々《うんぬん》かんぬん。

かわいそう、を巧《たく》みに利用したトーク術で、なるべく私が先輩と接点を持たずにいられるよう、口利きをしてくれた。なのにどうして今日に限って、宮内先輩は直接声を掛けてきたのだろう。

『ごめんね、来ちゃった。遠藤さんと喋ってみたくて』

そう言って、宮内先輩が胸の前で小さく手を合わせた。話を聞いてみると、ミーティングと称してはいたものの、なんてことはないファミレスへの誘いだった。思わず、教室の中に奏の姿を探す。

このところ、奏は朝練に顔を出していない。部活中に話すことがあっても、それはあくまで、「ごっこ」の延長に過ぎない。最近奏のプレイは安定せず、レギュラーメンバーに入れるかは練習試合の結果次第だ、と噂されていることも気に掛かっていた。

『それでね、来てくれるとしたらのお願いなんだけど』

その時点で、悪い予感がしていた。後輩をしめる時だけは相性抜群《ばつぐん》の西先輩がここにいないことも、引っかかる。なんですか、と聞き返すと、宮内先輩はいかにもそれらしく、声を潜《ひそ》めた。

『たまには後輩と交流深めたいなって思って。だからこのこと、西には秘密にしといてくれる？』

これ以上は関わらない方がいい。そう思った。

奏の言う通りだ。こんなことばかりやってるから、あんた達はバスケが上達しない。あの時あの場所で、そう言ってやっても良かった。私一人なら、そうしていたと思う。でも、次に先輩が発した一言で、私の意志は見事に挫《くじ》かれてしまった。

『大丈夫、島谷も来るから。それなら安心でしょ？』

奏はもう、巻き込まれている。それに気づいた瞬間、頷く以外の選択肢を選べなくなった。

宮内先輩が教室を去った後、帰り支度を済ませたばかりの奏を見つけた。奏は、さっきのやり取りを見ていただろうか。机の前に立ち、私も行くよ、と告げると、奏は弾かれたように顔を上げた。

『遠藤さんは、来ないと思ってた』

そう言いながら、奏は自分でもどこに感情の収まりをつけていいかわからない、そんな表情を顔に浮かべていた。

「私ちょっと、トイレ」

一時間程滞在して、奏が席を立った時私は少しほっとしてた。蓋《ふた》を開けてみれば、今日ここに現れたのは、一年生と発起人の宮内先輩だけ。二年生は、私達だけだった。他の人は都合がつかなかった、と言っていたけど、どこまで本当かはわからない。

宮内先輩を中心に形ばかりのミーティングが繰り広げられる中、奏の態度は見るに堪《た》えなかった。宮内先輩の発言に合いの手を入れ、笑いどころ（と先輩は思っているであろう発言。ちっとも面白くない）が来るたびに、後輩の誰より先に手を叩いて笑っている。それが、白々しかった。

どうして奏は、こんなにヘコヘコしているんだろう。奏の言う「円滑に生きていく為の知恵」って、こういうことなんだろうか。いつもの毒舌はどこにいったんだろう。こんなクソみたいな空気、滅茶苦茶にしてしまえばいいのに。

奏が席を外すや否や、宮内先輩は、「やっと遠藤さんとじっくり話せる」と言って身を乗り出した。

「島谷って、実際どう？　遠藤さん迷惑してない？　あいつ結構、ぐいぐいくるでしょ」

それが、宮内先輩の先制パンチだった。私がどんな反応を見せるのかを窺っている。答えによっては態度を急変しかねない、そういう目をしていた。

「……そんなこと、ないです。私あんまり、人付き合いとか得意な方じゃないんで。あのくらいの方が、助かるっていうか」

そっかそっか、と私の主張に同調するかのように見せかけて、宮内先輩はすぐに、でもさ、と口を開いた。

「遠藤さんって、なんで島谷と仲良くなったの？　最初、全然そんな雰囲気じゃなかったじゃん。正直言って、気が合いそうなタイプでもないし。あ、それが悪いとかじゃなくって。なんか、急な感じがしたからさ」

朝練で意気投合して、という奏の用意した理由では納得しないんだろうな、と思った。呼び出された後輩達も興味があるのか、黙って耳を傾けている。意を決して、口を開いた。

「あの娘は、やさしいから」

こんなこと、まったくもって本意じゃない。

「だから、気を遣ってくれたんだと思います」

普段なら、絶対言わない。これっぽっちも思っていない。心にもないようなことだ。それをこうも簡単に口にすることができるのは、私も奏の振る舞いに、少なからず影響されているせいだろうか？

「私、正直部活で浮いてたじゃないですか。誤解を招《まね》いちゃうような態度、とってたこともあったし。あのままじゃ、退部しててもおかしくなかったと思うんです。でもバスケは好きで、続けたかったから。私のそういうところを見抜いて、声かけてくれて。だから私、すごく感謝してるんです」

全部嘘だ。こんなのは、すべて嘘っぱちだ。でも、どうだろう。ちょっとはきれいに、嘘を吐けただろうか。せめて奏の十分の一くらいは、上手く演技ができただろうか。

少しして、どこからともなく、いい話、という声が上がった。

「私、今の聞いて感動しました」

「島谷先輩に聞かせてあげたい」

「泣けるー。めっちゃ友情って感じ」

後輩達が、一斉にうんうんと頷く。実際に、目を潤《うる》ませている子もいた。嘘でしょ、と思う。こんなお涙頂戴の作り話に騙《だま》されるなんて。こいつら全員、馬鹿じゃないの。その時ようやく、この場所を失敗作、と呼んだ奏の気持ちがわかったような気がした。

そんな中、宮内先輩だけがどこか納得していないような顔をしていた。でも、この雰囲気に異を唱《とな》えることは、さすがに躊躇っているらしい。でも、と宮内先輩が言いかけたところで、奏が「すみません」と頭を下げながら、慌てたように席に戻って来た。

「トイレ、混んでて。ちょっと、私がいない隙《すき》に何話してたんですか？」

軽い口調ではあったけど、探るような口ぶりだった。すると宮内先輩は、遠藤さんから色々教えてもらってた、と言ってにやりと笑った。

「島谷の裏の顔」

それを聞いた奏が、ぎくりと顔を強張《こわば》らせた。今日このファミレスに入って初めて、私の顔を正面から見据える。違う。そんなこと、言ってない。全部、宮内先輩の作戦だ。私が口を開く前に、先輩が「でも、教えない」と割り込んだ。

「全部聞いちゃった。いやあ、島谷があんなことしてたとはね。初めて聞いた。びっくりしちゃったあ」

奏は、え、え、と目を泳がせたまま、説明して、というように視線を送ってくる。

「やだ、嘘だよ」

宮内先輩が急に、種明かしをするみたいな顔でそう言った。それに釣《つ》られて、どっと笑い声が上がる。一瞬流れた不穏《ふおん》な空気を、全員でないことにするみたいな、不自然な沸き方だった。奏は呆《ほう》けたような顔をして、でもすぐに我に返った。そして、先輩ひどーい、と軽口を叩きながら、その目はどこか虚《うつ》ろだった。

「あの、話は変わるんですけど」

後輩の一人が空気を察してか、そう切り出した。なんてことはない、秋に控えた合唱コンクールの話題だった。クラスの自由曲がなかなか決まらないという。一年生にとっては初めてのイベントということもあってか、随分盛り上がっている。

流れが変わってしまったことで、宮内先輩はあからさまに不服そうだったし、奏は奏で、劣勢の試合中、やっとハーフタイムに入れたスタミナ切れの選手みたいな、気の抜けた顔をしていた。

その時、ズズ、と一際大きい音が辺りに響いた。宮内先輩が、残り少ないメロンソーダを飲み干した音だった。お代わり持ってきましょうか、という後輩の申し出を無視して、あ、そうだ、と声を上げた。

「ねえねえ、島谷。歌、歌ってよ」

え、と顔を上げた奏の表情が引き攣《つ》った。それを見て、あれ、と思う。

「島谷の歌、聞きたーい。ね、みんなも聞きたいよね」

そう言って、辺りを見回す。宮内先輩のストローは噛み癖のせいか、先が変形してぐちゃぐちゃに歪んでいる。さすがに後輩達も、困ったように顔を見合わせた。あ、でも、と奏が口を開いた。

「ここじゃ、迷惑になると思うし」

「別に本気じゃなくてもいいよ。ほら、合唱の練習に丁度いいじゃん」

「でもその、私あんまり」

すると宮内先輩は、奏の言葉を遮るように、えーなんで、こんなに頼んでるのに、と声のトーンを下げた。

「だって、西とのカラオケでは歌ったんでしょ？」

その瞬間、奏の体がぎくりと強張った。違和感が確信に変わる。「西先輩とのカラオケ」で、奏はもう、気づいたんだ。すみません、と奏が発した声は、隣にいてもわかるくらい震えていた。それを聞いた宮内先輩が、ビビり過ぎだし、と冷たく笑う。

「別にいいんだよ、島谷が誰とカラオケ行こうが。そんなの島谷の自由だし。でもさ」

そこで宮内先輩は、いかにも残念、というように眉を八の字にして、「なんで私のこと、誘ってくれなかったの？　ＬＩＮＥのグループ、あったんでしょ」と首を傾げた。奏がしどろもどろになりながら、なんとかそれに答える。

「あの、テストも控えてたし。宮内先輩は、受験組だって聞いてたので。色々忙しいかと思って……」

「それは私が決めることじゃん。島谷が判断することじゃなくない？」

消え入りそうな声で、そうですね、と答えた奏の横顔は蒼白だった。それを見てもなお、宮内先輩の勢いは衰《おとろ》えることがなかった。

「そんな謝られてもさ、私が悪者みたいじゃん」

「なんか、余計な気遣ってない？　私と西、仲悪いとかじゃないからね。カラオケの話だって、西が教えてくれたし。逆に悪いと思ったみたいよ」

「前から思ってたけどさ、島谷、いろんなとこでいい顔しすぎ。そんなんで次の部長とか無理じゃん？　兼田とか篠崎とか、あんたのこと裏でなんて言ってるか知ってる？」

奏の声が、次第に聞こえなくなっていく。しばらくして、テーブルの上に流れる重たい空気を察したのか、宮内先輩は「ちょっと、変な空気になっちゃったじゃん」と白けたように呟いた。

「まあ、私も別に鬼じゃないし」

その声に、奏が藁《わら》をも摑むような顔で、はい、と顔を上げる。

「だからさ、歌ってよ。そしたら許してあげる。そのカラオケで、歌ったんでしょ」

その一言で、奏が最後の望みは絶たれてしまった。なおも躊躇いを見せる奏に対して、宮内先輩はにっこりと笑って見せた。

「大丈夫だって、西も言ってたよ。島谷は笑える方の音痴だって。しかも、自覚なかったんでしょ？　それ、超面白いじゃん」

後輩達はもはや、この光景を直視しようとはしていなかった。テーブルの上に視線を落とし、早く時よ過ぎ去れ、とそれだけを祈っているように見えた。奏が持って来たオレンジジュースは、あれからちっとも目減りしないまま、中の氷はすでに形を失っている。

黙り込んでいた奏が、その場の雰囲気に耐えかねたように、口を開いた。なかなか最初の音が定まらず、結局そのまま、奏は歌い出した。上擦《うわず》った声で、必死にメロディを繋ぐ。細い糸で喉を絞《しぼ》られてるみたいな、苦しい歌い方だった。

奏の歌は、下手だった。何度聞いても、やっぱり下手だった。音階を踏んでいるようで踏んでおらず、キーを合わせているようで、合っていない。人間は歌を歌う時に、こうもすべての音を外すことができるのか、と思うくらい見事にすべての音を外していた。

それを聞いた時、もうまっぴらだ、と思った。くだらない。本当にくだらない。私は今、バスケがしたい。あの、永遠に続けばいいと思う瞬間だけを追いかけられる、そんなバスケがしたい。ただ、それだけだったのに。

次の瞬間、奏が急に歌うのを止めた。後輩達が、何が起きているのかわからない、という顔で、ようやくテーブルから目を離した。宮内先輩はしばらくの間呆気にとられたように私を見つめて、でも状況に気づくと、顔を真っ赤にして私を睨みつけた。

奏が口にしたのは、古いアニメのエンディングテーマだった。ファーストキスがどうたら、という内容のその歌はカバーソングとして有名で、今でもたまにテレビで聞くことがある。だから、音楽に疎《うと》い私でも迷いなく歌うことができた。

私が人前で歌を歌うのは、中学校の時の音楽の授業以来だった。こんなに大きな声を出すことも、バスケの掛け声以外になかなかない。やってみたら、意外と気持ち良かった。私、結構歌上《う》手《ま》かったんだな。

さすがに、周囲の客も気づき始めた。店員が、あせったような顔でこちらに向かって来る。その時丁度一番目のサビが終わって、それでも私は、できる限り大きな声でその歌を歌い続けた。


それから私達は、飛んできた店員にこっぴどく叱られ、店を追い出された。どんな風に家に帰ったのかは、よく覚えていない。

宮内先輩はいつのまにか姿を消しており、しかもお金は置いていかなかった。後輩達にはお詫《わ》びの気持ちを込めて、ドリンクバーを奢《おご》ってあげた。それが今まで数えきれない回数転校を繰り返してきて、初めてした先輩らしい行為だってことに、後から気づいた。

家に帰ると、今日の炊事当番は自分だった。炊飯器をセットし、炒《いた》め物を作っていると、丁度父が帰って来た。帰宅した父は何かいいことでもあったのか、珍しく鼻歌なんて歌っている。

食事中、どうしたの、と聞いてみると、父は嬉しそうな顔で箸《はし》を置いた。そして、良い知らせだ、と前置きを挟んで自身の昇進が決まったことを告げた。下期の組織変更をきっかけに、父の故郷である九州の支社に異動することになる、と言う。

「夏生には、今まで随分迷惑かけたな。多分、これが最後の転校になると思うから」

頭を下げる父を見ていたら、何も言えなくなった。お祝いしなくちゃね、と答えた自分が、上手く笑えていたかはわからない。

それからはするすることが進んでいった。父方の祖父母がまだ生きていることもあり、二人を頼って、私は秋を待たずに九州の学校へと引っ越すことになった。当然、バスケ部も退部せざるを得なかった。

部活の最終日に顔を出すと、監督の指示によって、部内対抗のミニゲームが行われた。おそらくは、レギュラーメンバーの最終確認の場でもあるその試合に、コーチの計らいで出させてもらえることになった。

チーム構成は、学年関係なしの完全なミックスチーム。補欠にも、折々で交代のチャンスがあると言う。簡易ベンチに座って待機する味方チームのメンバーには、奏の姿もあった。奏とは、ファミレスでの一件からまともに会話を交わしていなかった。

さらに同チームには、宮内先輩もいた。宮内先輩はチーム割が決まると、あからさまに、邪魔者め、という顔で私を見つめていた。何にせよ、この学校では最後の試合だ。悔いのない試合をしたい。

試合は、開始直後から私達の優勢だった。私のマークは篠崎さんで、もちろん負けるつもりはなかった。篠崎さんの貼り付くようなディフェンスを振り払い、そのまま連続でゴールを決める。自分のシュートの感覚で、今日の試合に手応えを感じた。

しかし、序盤も過ぎた頃、私にボールが集まっていることに気づいた相手チームが攻撃を仕掛けてきた。なかなか抜けない。パスを回したくても、思うようにいかなかった。コート上にパスの線は見えるのに、そこに人が来ないのだ。

決め手に欠ける攻撃が続き、一度逆転されてからは、あっという間だった。最初に勝っていた分、追い上げられて集中が切れたのか、全員パスやシュートのミスが目立つようになった。一年生達も、いまいち実力を発揮できていない印象だった。ボールを引き寄せても、ことごとくシュートを外してしまう。周囲の苛立《いらだ》ちが伝わってか、どんどん萎縮《いしゅく》してしまっている。攻勢に転じるタイミングを見失ったまま、じりじりと時間だけが過ぎていった。後半戦が始まっても、状況は変わらない。このままずるずると点だけを取られかねない——そんな状態で、インターバルのホイッスルが鳴った。

床に座ろうとした瞬間、そのまま倒れ込んでしまいそうになるくらいの疲れを感じて、慌てて踏みとどまる。自分の呼吸音が、妙に頭に響いた。負けているから余計に、そう感じてしまう。

休憩中のベンチには、重苦しい空気が流れていた。作戦会議の途中で、シューティングガードの一年生が体の不調を訴えた。この試合中に復帰することは難しい。交代で監督が指名したのは、奏だった。

名前が呼ばれた瞬間、奏は緊張した面持ちで、でもそんな自分を戒《いまし》めるように両手で頬を叩いた後、はい、と答えた。ソールの埃を手で払い、何度か床を蹴って、ゆっくりと立ち上がる。

奏とすれ違った瞬間、自然と目が合った。想像していたような気まずさはなかった。会話を交わしたわけじゃない。それでも、なんとなく通じ合うものがあった。

正直、ほっとした。前半の試合中、何度思っただろう。今ここにいるのが、奏だったらと。奏がコート内に入った瞬間、後輩達の士気が上がるのがわかった。スランプだとかは関係なく、そこにいるだけで精神的な支柱となれる人がいる。

奏は元々試合の流れを読むのも上手く、ここぞという時に決めてくれるタフネスも持ち合わせている。勝負相手としては厄介だけど、味方でこれほど頼りがいのあるメンバーはいない。

しかし、試合が再開されてすぐ、目の前に広がったのは信じがたい光景だった。宮内先輩が攻撃の途中相手チームのマークに合い、攻めあぐね、ボールを保持する苦しい局面があった。

次の瞬間、奏が自分のマークを振り切り、宮内先輩の背後に躍《おど》り出た。息を切らしながら、パス、と叫ぶ。けど、一瞬パスを投げかけた宮内先輩は、それが奏だということに気づくと、とんちんかんな方向へボールを放った。

結局ボールは場外へ飛び出し、相手チームのボールとなった。喉まで出かかった言葉を呑み込み、試合を続行する。けれど、同じようなことがもう一度。それが終わったかと思うと、もう一度。宮内先輩のパスが、奏を避けているのは明白だった。

仲間も気づき始めたのか、コートに異様な雰囲気が漂い始めた。ぎこちないパス回しが続く。相手のゴール下で苛烈《かれつ》なマッチアップが行われ、次の瞬間、ファウルが取られた。

「どういうことですか」

相手チームのフリースローの最中、問い詰めると、宮内先輩は平然とした顔で「怖っ」とだけ呟いた。

「何本気になってんの？　本番じゃないんだから」

その言葉に、頭がかっとなった。思わず、相手の胸ぐらへ手を伸ばす。直前で、その手が止まった。先輩の髪先から、ぽたぽたと汗が垂《た》れていることに気づいた。自分を押さえながら、だとしても、と必死に声を絞り出す。

「こんなの、ポイントガード失格です」

するとと宮内先輩は、は、と笑って、呻《うめ》くように吐き捨てた。

「そのポイントガードからパスを回されない奴も、レギュラー取れるとは思えないけど」

そう言って、私の手を払う。その瞬間、怒りよりも脱力感を覚えた。悔しいより先に、悲しかった。負けていることがじゃない。わからなかったから。どうしてそんなことが言えるのか。どうしてこんなことができるのか。そして何より、この試合を踏みにじった張本人が同じコートで汗を流しているチームメイトだということが、悲しくて仕方なかった。

「夏生」

はっとして振り返ると、そこに奏がいた。奏が私の行動をどう思ったのかはわからない。それでも、私の肩に手を置いて、息切れを隠しながら、こう呟いた。大丈夫だから。

「あんたはいつも通り、点を取りに行って。私が絶対、追い付くから」

相手チームのメンバーが放ったフリースローは一瞬弾かれたかに見えたけど、その勢いでくるくるとリングを回りながら、網の中へと落ちていった。また点差が開く。

奏が私の肩から手を離し、再びコートの中へと足を踏み入れた。直に触れたはずの奏の手は、お互いの熱のせいか、感触がなかった。

どういう采配《さいはい》があったのかはわからない。試合が再開しようとした瞬間、監督は宮内先輩に退場を告げた。残り時間二分を切った状態での交代に、コート内にはどよめきが広がった。先輩は、その指示に抵抗を示したりはしなかった。代わりに、新たに三年生が補塡《ほてん》される。

とはいえ、試合の状況は変わらなかった。時間は少ない。それでもなんとか、攻撃の隙をついてパスが回ってくる。奏と一瞬だけ、目が合った。微かに頷いたような気がした。一気に駆け出し、相手のコートへと切り込んでいく。一人目を抜いて、二人目。次に、三人目。抜け出した先で追いつかれ、駄目元でシュートを放ったけど、当然入らなかった。

ガン、と無慈悲《むじひ》な音が響いて、ボールが弾かれる。落ちたボールを空中で拾う。着地した時には、すでに敵に囲まれていた。前が見えない。体同士の激しいぶつかり合いは、痛みよりも衝撃の方が強い。周りから、パスを求める声が聞こえた。でも、遠い。なかなか逃げ道が見つからない。意識が朦朧《もうろう》としてくる。

そんな中急に、確かな気配を感じた。肌が粟立《あわだ》つ。そこに彼女がいる、ということだけわかった。言葉より、視線より、仕草よりも確かな感覚。ああ、これだ、と思う。ふいに、奏の言葉を思い出した。私が絶対、追い付くから。

針の穴目掛けて糸を通すように、パスを放った。自分の進行を阻《はば》んでいた障害が、唐突に目の前から姿を消した。ぱっと視界が晴れて、そこにいたのは奏だった。ボールを手にしている。

奏は、迷うことなくボールを構えた。どうしてだろう。決して目で追えないような動きではないのに、誰にもこれから起こることを邪魔できない、そんな予感がした。そうだ、いつか奏が言っていた。すごくきれいなシュートが決まる瞬間は、時間が止まったみたいだと。

奏はまるで、重力から解き放たれたかのような軽やかさで、シュートを放った。

その瞬間、あらゆる音がこの世界から姿を消した。運動靴のソールが擦れる音。コーチの怒声。試合を見守る、観客達の歓声。わんわんと辺りを包み込むような、蟬の鳴き声。ボールはきれいな弧《こ》を描いて、静かにゴールへと吸い込まれていった。このままずっと、死ぬまで見ていたいと思うくらい、美しいシュートだった。

やがて、止まっていた時間が動き出す。ホイッスルの音が、シュートの成功を告げる。味方チームから、拍手とともに歓声が上がった。まだいけるよ、まだいける。諦めるな、これからだよ。

そんな中、コートの真ん中で呆然と立ちすくんだ奏の視線の先には、いつもと変わらない体育館のゴールポストがあった。奏は自分がシュートを決めたことに気づいていないみたいな顔で、ただ宙の一点を見つめていた。

額《ひたい》からひっきりなしに垂れる汗を拭いながら、今まで一度だって本人の前では呼ぶことができなかったその名前を、私はその時初めて口にした。

「奏」

ん、と奏が顔を上げた瞬間、試合の再開を知らせる高らかなホイッスルの音が、コート内に響き渡った。その音にかき消されないよう、私は息を吸い込み、唇に手を添えて、思い切り声を張り上げた。

「ナイス・シュート」

君はアイドル

トレイに載せたコーヒーがひっくり返り、あ、と思った時にはカップが宙を舞っていた。

その日、私は息抜きがてら駅前のコーヒーショップに寄っていた。パートの日は、仕事帰りにここでお茶をしてから家に帰ることにしている。ところがその日は、カウンターからトレイを受け取るや否《いな》や人とぶつかり、コーヒーを床にぶちまけてしまった。

「ごめんなさい！　大丈夫ですか？」

振り返ってすぐ目に飛び込んできたのは、予想よりも惨憺《さんたん》たる光景だった。ぶつかった相手も私と似たような注文内容だったらしく、床一面に結構な量の茶色い液体が広がっている。他のテーブルにまで被害が及んでいないのが、不幸中の幸いだった。

すぐに店の従業員がやって来て、代わりのコーヒーを持ってくることを約束してくれた。慣れているのか、この惨状にも驚くことなく、手早く辺りを片づけていく。下手に手出しもできず、空《から》のトレイを握りしめたまま突っ立っていることしかできなかった。

しばらくしてから、我に返った。今、私が肩をぶつけた相手。確か、若い男の子だったはずだ。辺りを見回すと、さっきの男の子はすぐ横で同じように、掃除の様子を見守っていた。

「あの、すみませんでした。私、ぼーっとしてて」

勇気を出して声を掛けてみると、その人がようやく、私の方に向き直った。

「あ、いや。俺もその、すみません」

そう言って、申し訳なさそうに頭を下げる。お辞儀《じぎ》に合わせて上下に動いた栗色の髪が、店内の照明に照らされて、きらりと光った。

「……シュウ?」

声に出すつもりじゃなかったのに、ぽろりと口からこぼれた。その人が首を傾《かし》げたと同時に、掃除をしていた従業員が、終わりました、とこちらを振り向いた。

「すぐ、お代わり持って来ますね」

座ってお待ちください、と勧《すす》められたのは、二人用のテーブル席だった。どうやら、連れだと思われたらしい。訂正する間もなく、足早に去っていく。気まずい雰囲気が流れる中、あの、と口を開いた。

「シュウさん、ですよね? 私、あなたのファンなんです」

第一声からボリュームを間違えたことに気づいた。周囲の客が何事かと顔を上げたのが目に入り、慌《あわ》てて声を潜《ひそ》める。

「スタコンのことも、ずっと応援してて。こんなおばさんに応援されても、嬉《うれ》しいかわからないけど。CDも、全部持ってます。家事してる時とか、車の中とかでよく聞いてて。すごく元気を貰《もら》ってる」

一度話し始めると、自分でもびっくりするくらいすらすらと言葉が出てきた。目の前に広がっているのは、それまで何十回、何百回と夢に見てきた光景だった。もし街中で偶然、シュウに会ったらどうしよう。有り得ないとわかっていても、妄想は止まらなかった。

「えーと、あ、それからこの前のコンサートも。新曲、すごくよかったし、途中あったコントみたいなのも、めちゃくちゃ笑って。シュウの、あ、いやシュウさんの、最後の挨拶《あいさつ》とかほんとに感動的で……」

一方的にまくし立てながら、ふと、肝心《かんじん》のシュウがこれまで一度も反応らしい反応を返してくれていないことに気づいた。私はそこで初めて、シュウであるはずのその人の顔を、真正面からまじまじと見つめることができた。

まず、最初に違和感を覚えたのは、シュウの目線の高さだった。事務所の公式プロフィールでは、シュウの身長は百八十二センチ。でも、目の前のこの人は、私より少し背が高いくらいで、百八十も身長があるようには見えない。

それに気づいた瞬間、一抹《いちまつ》の不安がよぎった。いやでも、芸能人は実際に間近で見ると意外に小さいという話も聞くし。思い直してはみたものの、見れば見るほどやっぱりおかしい。

インタビューでは毎日パックを欠《か》かさない、と話していたはずなのに、頬《ほお》にはぽつぽつと赤い吹き出物が目立っている。唇はかさついて、割れ目から微《かす》かに血が滲《にじ》んでいた。トレードマークの栗色の髪の毛は、よく見ると所々傷《いた》んだような金髪が目についた。

そのうち、さっきまで舞い上がっていたはずの心が、少しずつ冷静さを取り戻していくのがわかった。

もしかして、この人。

最後に、藁《わら》にも縋《すが》る思いで彼の目元に目を凝《こ》らした。シュウの右の瞼《まぶた》には、小さなホクロがある。シュウのチャームポイントだ。そして、それをアピールするみたいにファンに向かってウインクをするのが、彼の決めポーズだった。

果たしてそのホクロは――、なかった。

背中に嫌な汗が滲むのがわかった。この人は、シュウじゃない。まったくの別人だ。シュウに似ているだけの、そっくりさん。そう考えれば、さっきから一言も声を発さず、戸惑《とまど》ったような顔で私を見つめているこの人の沈黙にも、説明がつく。

「あ、あの」

すみません、人違いでした。私の勘違いです、ごめんなさい。なんとでも言えるはずなのに、上手く言葉が出てこない。パクパクと唇を動かす私に向かって、ようやく彼が口を開いた。

「ありがとう」

一瞬、聞き違えたのかと思った。しかし、彼は間違いなくそう口にした。

「すごく嬉しいです。こんなにきれいな人がファンだなんて」

彼は「じゃあ改めて」と自分の手の平を拭《ぬぐ》い、こちらに向かって差し出してきた。それは、有名人がファンに求められてする、「握手」の格好だった。彼はそのまま、弾《はじ》けるような笑みをその顔に浮かべ、こう言った。

「初めまして。スタコンの、シュウです」


真ん中から包丁を入れると、さく、と柿が気持ちのいい音を立てた。切り終えたそれらを器に移し、よし、と気合を入れて、まな板から顔を上げる。

「私、今週の金曜、ちょっと出かけてくるね。夜、遅くなるかも」

剝《む》き立ての柿に爪楊枝《つまようじ》を刺しながら、雅之《まさゆき》さんの元へと持っていった。雅之さんは少し遅い夕食を終えて、リビングで新聞をめくっている。

「なんかね、パート先の人に誘われて。前もあったじゃない、布袋《ほてい》さん。あの人がまた、チケット余ったから一緒に行ってくれないかって」

カーペットに腰を下ろし、用意していた台詞《せりふ》をそのまま口にした。嘘《うそ》は吐《つ》いていないのに、妙に落ち着かない気持ちになった。

「チケットって、何の？」

今までも何度か同じような会話はあったはずなのに、そんなことを聞かれたのは初めてだった。言おうか迷った末、仕方なく正直に、アイドルの、と答える。

「アイドル？」

そう言って、雅之さんが私の顔を見返した。雅之さんの中で、アイドルという言葉と私の存在がうまく繋《つな》がっていないみたいな反応だった。私は元々、芸能人だとかには疎《うと》いタイプの人間だ。雅之さんが声を上げるのも無理はない。

「えーと、なんか、布袋さんが最近ハマってるんだって。アイドルって言っても、そんなに有名じゃないみたい。私もちょっと前までは、名前知らなかったから」

それとも、やっぱり不審に思われただろうか。先週、先々週と外出が続いている。先週はファンクラブ限定のイベントで絶対に外せなかったし、先々週の用事は適当に誤魔化《ごまか》した。どちらも、帰りが遅くならないよう気をつけたつもりだったけど。

「結構しつこく頼まれちゃって。布袋さんってなんていうか、パート先でもちょっと浮いてるんだよね。他に、頼む人いないみたい」

心の中で布袋さんに詫《わ》びて、しどろもどろに説明する。雅之さんは少ししてから、それってあれだっけ、と首を傾げた。

「今の仕事も、その人からの紹介じゃなかった？」

核心を突くような質問ではなかったことに安心して、うん、と頷《うなず》く。たしかに、今勤めているスーパーの仕事も、元々は布袋さんに「パート先の人手が厳しくて」と相談されて、ヘルプで始めたものだった。

「なんか、大変だな。相手からしたら、千絵《ちえ》みたいな人は頼みやすいのかもしれないけど」

まあ、せっかくだから楽しんでおいでよ。雅之さんは慰《なぐさ》めるような口調でそう言って、新聞へと目を戻した。ほっとすると同時に、少し拍子抜けもした。最近出かけてばっかりだな、とか、何かあったの、とか、もっと色々追及されると思っていたのに。

「あれ、亜矢《あや》は？」

自分の部屋、と答えて、二階へと目を向ける。亜矢は中学に上がってからというもの、家族と一緒に過ごすのを嫌がるようになった。家族団らんの場には、ほとんど顔を出さない。

「年頃だもんな。ちょっと寂《さび》しいけど、仕方ないか」

そう言って、雅之さんが伸びをする。うん、と返事をしながら、雅之さんには気づかれないよう小さくため息を吐《つ》いた。今日、家に帰ってそうそう亜矢と喧嘩《けんか》になったことは、やっぱり言えそうにない。

きっかけは、なんてことのないお説教だった。パートから戻ると、亜矢がリビングで着替えもせずにソファに寝そべっていた。スマホ片手に、昨晩録画していたらしい深夜アニメを観ている。

亜矢がリビングに降りて来た時は、スマホをいじっているか、こうしてアニメを観ているかのどちらかだ。毎週話題のアニメをチェックしておかないと、友達との話題に追いつけなくなるのだという。

テレビの中では、瞳だけは大きな三頭身くらいのキャラクターが所狭《ところせま》しと動き回り、きんきんと甲高《かんだか》い声で何事かわめいていた。亜矢ぐらいの年の子はなんとも思わないのかもしれないけど、私からするとちょっと不気味に思えてしまう。

『またそんなのばっかり見て。テスト近いんでしょ？　大丈夫なの』

すると亜矢はテレビに顔を向けたまま、そんなのって何、と声を尖《とが》らせた。

『だからその、アニメとか。そういうのばっかり見て、勉強追いつけなくなっても知らないわよ』

するとと亜矢は、だからそういうのってなんだよ、と呟《つぶや》いた。誰に向けて発するでもない、ひとり言みたいな声だった。

『……ねえ、亜矢。人が話してるんだから、スマホ止《や》めなさい。それ、今しなくちゃいけないこと?』

すると亜矢はスマホから顔を上げ、鋭い目つきで私を睨《にら》みつけた。体を強張《こわば》らせた私に、鼻白《はなじろ》んだような表情を見せる。そのままテレビを消して、リモコンを放り投げた。

『うるさいなあ。ママには関係ないじゃん』

最近、亜矢のこういう発言が増えた。関係ないとか、どうせ言ってもわからないとか。叱《しか》らなくちゃと思うのに、亜矢の苛立《いらだ》ちと私への蔑《さげす》みみたいなものが伝わってきて、何も言えなくなる。

『俺もあのくらいの歳の頃は親に対してそんな感じだったよ。反抗期は家出まがいのこともしたし。それに比べれば、亜矢なんてかわいいもんなんじゃないか?』

以前、思い切って雅之さんに相談してみたら、反抗期、の一言で済まされてしまった。私はそんなことなかったけど、と返すと、千絵は箱入りだからな、と笑われた。

『とりあえず、放っておきなよ。構いすぎるのもよくないって。あんまりひどいようなら、俺がビシッと言うから』

雅之さんはそう言って笑っていたけど、素直に受け入れることはできなかった。亜矢があんな顔をするのは、「親に」じゃない。私に対してだけだ。

私の心を知ってか知らずか「あ、うまそ」と呑気《のんき》な声を上げ、雅之さんが柿に手を伸ばした。私もそれに倣《なら》って、一切れ頬張《ほおば》る。熟《う》れる前の柿はまだ少し固くて、咀嚼《そしゃく》する度に破片が口の中に刺さった。さくさくと音を立てて、それを嚙《か》み砕《くだ》く。

ああ、なんだかすごくむしゃくしゃする。

こんな時はいつも、目を閉じて大好きなシュウの顔を思い浮かべる。舞台映《ば》えする長い手足に、筋肉質でがっしりとした体つき。照明を受けてきらきらと輝く栗色の髪や、薄茶がかった色素の薄い瞳。くっきりとした二重瞼は女の子みたいで、ウインクをするとその瞼の上には――。

と、その瞬間、エプロンのポケットに入れていたスマホがぶるりと震えた。まるで、見計らっていたかのようなタイミングで。雅之さんに隠れてそっと画面を開くと、予想通りそこには、「シュウ」からのメッセージが表示されていた。

「次、いつ会えますか？」

前回会ってから、約二週間ぶりの連絡だった。すぐに返信を打ち込む。

「来週はどう？　いつものカラオケ屋で。早く、シュウに会いたいな」

嬉々《きき》としてメッセージを送った直後、雅之さんに吐かなくちゃならない嘘がまたひとつ増えたことに気づいて少し憂鬱《ゆううつ》になる。でもその気持ちも、続けて届いた新しいメッセージを読んで、すぐに吹き飛んだ。

「俺もだよ。千絵さんに会いたい」

私を喜ばせるためのリップサービスだとわかっていても、つい心が躍《おど》ってしまう。そのことに、罪の意識を感じる。でもこれは、雅之さんや亜矢に対しての罪悪感じゃない。本物の、シュウに対してだ。

私はいつのまにか、メッセージ相手の彼——偽者《にせもの》の「シュウ」に会うための言い訳に、本物のシュウを使っている。本末転倒もいいところだ。まさかこんな日が来るなんて、スタコンに、シュウに出会ったあの頃は思いもしなかった。

決して触れることのできないシュウと、こうして会う約束ができて、甘い睦言《むつごと》を交わし合えるシュウ。私にとっては、どちらも大切な存在だ。でも、と考える。私がさっき、瞼の裏に思い浮かべたのは、一体どちらのシュウだったんだろう。

私がスタコンを知ったのは、一年前のこと。パートの休憩時間、布袋さんが一枚のブロマイドを見せてくれたのがきっかけだった。そこにはカラフルなステージ衣装に身を包んだ数人の男性が並び、レンズに向けて愛想を振りまいていた。

「この子、超格好良くない?」

布袋さんが指差したのは、グループの真ん中でクールな表情を決める、一際華《ひときわはな》のある男の子だった。いかにもアイドルらしく、利発そうな雰囲気を纏《まと》っている。学生時代なら、クラスの中心人物になっていそうな子だ。

確かに格好良い、のだろう。しかし、如何《いかん》せん若い。張りのある肌や尖った顎《あご》がいかにも若者らしく、真正面から写真を見つめるのも気後れしてしまう。

「篠塚《しのづか》さんはどの子が好きそう?」

布袋さんが、どこか試すような口調で問いかけてきた。しかし、初見ではどれもこれも同じに見える。辛《から》うじて、髪型と服装の違いで判別がつくくらいだ。反射的に、なるべく布袋さんの好みとは被らなそうな子を選んだ。

「ああ、シュウ? 篠塚さん、王子系が好きなんだ。意外」

私がシュウを選んだのは、肩までかかった栗色の髪や品のある笑い方が、他の子達に比べてどことなく柔《やわ》らかな印象だったからだ。

「この子は面白いよ。雰囲気あるし格好良いけど、スタコンの中では愛されキャラっていうのかな。あ、スタコンってのがこの子達のユニット名で……」

スターダム・コンセプト、略してスタコン。メジャーデビューを目標に掲《かか》げ、都内の劇場やライブハウスを中心に活動している男性アイドルグループだ。

将来的には海外での活躍も視野に入れているらしい。歌あり・殺陣《たて》あり・ダンスありの新感覚パフォーマンス集団で、年齢は非公表ながら、全員二十代前半から三十歳くらいではないかと噂されている。キャッチコピーは、既存の概念を壊し、スターダムへとのし上がるアイドル。

メンバーはリーダーのタクヤ、歌唱力に秀でたケイト、ムードメーカーで演技にも定評のあるマサキ、そしてシュウ。シュウはケイトに次いでナンバーツーの人気を誇《ほこ》る、スタコンの中心メンバーだ。

布袋さんはここ最近、エースのケイトに熱を上げている。ファンクラブにも入会し、コンサートでより良い整理番号を当てるために、毎公演複数枚のチケットを購入しているんだそうだ。そこで、余ってしまったチケットを私に買ってくれないか、という相談だった。主人にも聞いてみないと、と渋る私に、布袋さんは満面の笑みでこう言い切った。

「これ、将来お宝になるよ。絶対後悔させないから」

布袋さんの言葉を鵜呑《うの》みにしたわけじゃないけど、数少ない友人の頼みを断るのも忍びなくて、私はそのチケットを譲《ゆず》り受けることにした。そして、生まれて初めて足を踏み入れた小さなコンサート会場で、シュウと出会った。あの時の感動は、忘れられない。

それからというもの、坂道を転げ落ちるようなスピードでスタコンに——いや、シュウにのめり込んだ。ファンクラブに入ることはもちろん、CDやDVDといった作品集はすべてコンプリートしている。彼らが出演したテレビ番組や、雑誌の切り抜きなんかも。

駆け出しのライブアイドルである彼らのメディアへの露出はそう多いものではない。でも、数少ないそれらを必死でかき集めた。家で一人になった時にそれをじっくり見返すのが、最近の唯一の楽しみになっている。

千絵さん。

その声に顔を上げると、「シュウ」はいつのまにかマイクを置いて、歌うのを止めていた。

「今日、体調悪い？」

なんか、元気ないみたいだから。そう言って、彼が心配そうに私を見つめる。と同時に、さっきまで流れていた音楽が消え、リズムに合わせて点滅を繰り返していた安っぽい照明がブラックライトへと切り替わった。四方の壁が、水族館にも似た薄青い光で照らされる。

慌てて、ううん、と首を振った。

「ちょっと、色々思い出してた」

すると彼は、またぼーっとしてたの？　と言って笑った。またって何、と頬を膨《ふく》らませると、ごめんごめん、とあっさり頭を下げる。

「だってほら、あの時だって」

あえてなのか、彼は真っ直ぐに私の目を見据《みす》え、顔をほころばせた。私達が初めて出会った時のことを言っているらしい。なんだか恥ずかしくなって、照れ隠しに、家族と同じようなこと言わないでよ、と返すと、彼が「同じようなこと？」と首を傾げた。

「よく言われる。夫とか、娘とかに。ぼーっとしてるとか、人の話聞いてないとか」

ちょっとした愚痴《ぐち》のつもりだった。なのに、彼は思ったよりも真剣なトーンで、そうなんだ、と呟いた。続けて、「俺は千絵さんのそういうとこに感謝してるけどね」とも。

「あれがなかったら、千絵さんには出会えなかったわけだから」

若干芝居がかったその台詞に、思わず彼の顔を見返していた。少し大袈裟《おおげさ》な言い回しが、シュウにそっくりだったから。偽者のはずの彼は、時々びっくりするくらいシュウと似たようなことを口にする。まるで、本物のシュウがここにいて、私に言ってくれているんじゃないか、と思うほど。

「……ねえ、私お腹減っちゃった。何か頼もうかな。一緒に食べる?」

なんだか急に落ち着かない気分になり、それを誤魔化すようにメニュー表に手を伸ばすと、彼は一瞬、目を輝かせた。けど、それを悟られまいとするように、千絵さんが頼むなら、と言って顔を背《そむ》けた。そんな彼の心の葛藤《かっとう》が、微笑《ほほえ》ましかった。ちょっとだけ見てみない? とメニューを傾けると、彼はそんなに言うなら、と気乗りしない風を装って、隣に移動してきた。

「軽くつまめるものでもいいし。それとも、ピザとかパスタとか、がっつり食べちゃう?」

ふいに彼が、うーん、と少しの間《ま》を置いてから、

「俺、こういうとこの焼きうどんって、なんか好き」

と言った。今日の彼は、肩まで伸びた長い髪を女の子のようにハーフアップにしている。彼が隣で動く度に、シャンプーのような香水のような、柑橘《かんきつ》系の匂いが鼻を掠《かす》めた。思わず、私も、と答えると、彼が思ってもいなかったというように、え、と顔を上げた。

「カラオケ屋の焼きうどん、私も好き。なんかあの、柔《やわ》っこいうどんの茹《ゆ》で方とか」

言いながら、彼の息遣《いきづか》いを耳元で感じた。間違いがあれば、キスでもしてしまいそうな距離。メニューを見ている振りをして、美味《おい》しいよね、とこぼした声は、微かに震えてしまった。

そんな私にはお構いなしで、彼は、マジで? 千絵さんもわかる? と声を弾《はず》ませた。

「そうそう。あの、うどんの良さを全部殺した、みたいなやつがいいんだよな。ザ・冷食、みたいな。そんで、鰹節《かつおぶし》がこれでもかってくらい掛かってて……」

私の視線に気づいたのか、彼ははっとしたように口を噤《つぐ》んで、俺何熱く語ってんだ、とトーンを落とした。

「いいよ、焼きうどんにしよ」

「あ、でも俺別に、そこまでお腹減ってるってわけでもないし」

そう言って、氷だけになったコーラを啜《すす》る。さも自分が食べたいわけじゃない、という態度で。思わず、シュウ、とやさしい声音《こわね》で呼びかけた。

「お金のことなら、気にしなくていいんだよ?」

すると彼は、思いのほか傷つけられたような顔をして、いや、そういう問題じゃなくて、と呟いた。でも、その先が出てこない。

「最初に会った時言ったでしょ。これはボランティアみたいなものだって。私、あなた達みたいな人を援助したいの」

彼は、複雑そうな顔で私の言い分を聞いていた。

「援助って言っても、その分の働きはしてもらってるし。シュウとこうやってお喋《しゃべ》りしたり、一緒にカラオケしたりして貰《もら》えるだけで、すごく楽しいんだから」

そう言って財布を開けると、彼に向かって一万円札を差し出した。できるだけ、気負いのない動作で。心の中で、ああ、レジ打ち二日分の給料さようなら、と叫びながら。彼が、いぶかしげな顔で私の次の行動を見守っていた。

「これ、あげる。追加のお小遣《こづか》い」

するとは、いや、もう今日の分は貰ってるし、と首を振った。

「こういうのって、ルール違反だと思う」

「バイト代」は、会って最初に渡すことにしている。この関係が始まった時に決めた。彼は律儀に、それを守ろうとしている。本当は、喉《のど》から手が出るほど欲しいくせに。今日だって会ってすぐ、朝から何も食べてない、とか、日割りのバイト代がまだ入らない、とかぼやいていた。

大体、二人だけのルールなんてあってないようなものだ。ここの会計は大抵私持ちで、割り勘だったのは最初の頃だけ。私が伝票ホルダーを手に取ると、彼はいつも申し訳なさそうに、それでいてほっとしたように、小さな声で「ありがとう」と呟く。

私はそれを見るのが、たまらなく好きだった。多分、自分のプライドと、目先の利益の間で揺れているのだろう。あの時とまったく同じ顔で唇を噛んでいる彼を見ていたら、どうにかしてねじ伏せたい、言うことを聞かせたい、という気持ちになった。

「じゃあ、前借りってことならどう?」

ため息を吐いて、万札を財布に戻した。彼がようやく、顔を上げる。

「次のバイト代の、前借り。私的には、せっかくだから決起会したいんだよね。この前言ってたでしょ、新しい仕事決まりそうだって。シュウが明日のオーディション頑張れるように、今日だけ色々頼んじゃおうよ」

そう言いながら、どうせこの前借りの件も、次に会う時にはうやむやになっているんだろうな、と思った。でも、その方が都合がいいはずだ。彼にとっても、私にとっても。

踏ん切りがつかずにいる彼に向かって、わざと悪女めいた笑みを浮かべ、「ちょっとくらい、雇用主のわがまま聞いてくれたってよくない？」と口を尖らせた。それを見た彼が逡巡《しゅんじゅん》の後、渋々といった様子で「うん」と頷く。

よし、と心の中でガッツポーズを決める。やったあ、決まりね。そう言って立ち上がると、彼が聞こえるか聞こえないかぐらいの声量で、ぼそりと呟いた。

「……ありがとう」

その顔に浮かんでいたのは、ひどく苦しげな笑みだった。

それを見た瞬間、全身の血が逆流するような、ほの暗いよろこびが体を駆け抜けた。こんなにも倒錯《とうさく》した気持ちが自分の中に眠っていたんだということも、彼と出会って初めて知った。

今から丁度《ちょうど》二ヶ月前、彼と出会ったあの日、私は自分に向かって差し出された手を払いのけることができなかった。気がつくと、わあ、嬉しい、と心にも思っていないようなことを口にして、彼の手を握り返していた。

一度話を合わせてしまった手前、今更《いまさら》嘘でしょ、なんて言えない。それからしばらくの間、私は「騙《だま》されているファン」として、そしてそっくりさんの彼は「シュウ」として、互いに嘘を吐き続けた。

すぐに新しいコーヒーがやってきて、それを啜りながら席で少しだけ話した。なんてことはない、アイドルとファンの会話だ。おそらく彼は、その場しのぎで適当に話を合わせて、さよならしようとしたのだと思う。でもそれは、私だって同じはずだった。

束《つか》の間《ま》の関係に綻《ほころ》びが出始めたのは、私が「こんな所で何してたの」と聞いた時のことだった。私はいつの間にか、彼に敬語を使わなくなっていた。

「これからバイトで」

そう言いかけた彼が、はっとしたように口を噤んだ。アイドル設定の自分が、バイトなんてしているのはおかしい、と気づいたんだろう。彼の気まずそうな顔に、助け船を出すような気持ちで口を開いた。

「あ、もしかしてファミレスのバイト？」

すると彼が、驚いたような顔でこちらを見返した。

「前、言ってたよね。早くこれ一本でご飯が食べられるようになりたいって。小さな事務所だから、アイドルなんて言っても結構大変だって」

これは、あながち嘘ではない。シュウとケイトがイベントのアフタートークで、ちょっと前まではアルバイト生活だった、という話をしてくれたことがあった。シュウはファミレスで、ケイトが居酒屋。時給は千円だったと聞いて、布袋さんと「私達なら、いてくれるだけで時給一万円だって払うのに」と言い合った。

「あ、えっと。まあ、そんな感じです」

さっきまでの流暢《りゅうちょう》なお喋りはどこへやら、シュウは目を泳がせ、じゃあ俺はこれで、と椅子《いす》から腰を上げようとした。これ以上ボロが出たらまずい。そう思ったのかもしれない。そんな彼の腕を、私は咄嗟《とっさ》に摑《つか》んでいた。

「待って」

その瞬間、こちらを向いた彼の顔に浮かんでいたのは、紛《まぎ》れもない恐怖だった。当然と言えば、当然の反応だ。たいして美しくもなければ若くもない女にアイドルと間違われ、好き勝手に喋り倒されたあげく、自分の嘘がバレようとしている。怖くないはずがない。

そんな風に分析する一方で、やめてよ、と思った。そんな顔で私を見ないで。シュウと同じ、その顔で。いつもはステージの上から、液晶画面の向こう側から私に微笑みかけてくれるその顔で。

ちょっと、と手を振りほどかれそうになったその時、私の口から飛び出したのは、

「弁償させてもらえない?」

という一言だった。彼は、いきなり何を言い出すんだ、という顔をしていた。

「その服」

そう言って、恐る恐る指をさす。しばらくして、彼が、あ、と声を上げた。彼が着ていたのは白い長袖のカットソーで、それがさっきのコーヒーの跳《は》ね返りでぽつぽつと汚れていた。胸元からお腹に向かって、ほとんどまだら模様のようになってしまっている。

「……いや、えっと。これ別に、たいした服じゃないから」

それはおそらく、事実なのだろう。じゃあ、と立ち上がろうとした彼を見て、慌ててバッグから財布を探し出す。彼を引き留める手段が、もうこれくらいしか思いつかなかった。ほとんど無

理矢理、万札を押し付ける。それを見て、彼がぎょっとしたように顔を上げた。

「いいの。元はと言えば、私がぼーっとしてたからだし。これくらいさせて」

今日口座から下ろしたばかりの一万円札、二枚。正直言って、時給八百円のパートを続けている自分にとってはかなりの痛手だ。でもなるべく、それが自分にとっては大した額のお金ではないかのように振る舞った。「こんな大金もらえません」と呟いた彼に、大金？　これが？　と笑みをこぼす。すると彼が、びっくりした顔で私を見つめた。

彼のそういった振る舞いのひとつひとつに、そこはかとない優越感を抱いた。金持ちなんですね、と聞かれて、自分ではそうは思わないけど、と肩を竦《すく》める。まるで自分じゃないみたいな仕《し》草《ぐさ》で。

「もしかして、今結構お金に困ってる？」

そう聞くと、彼は私から目を逸《そ》らした。本当は、一目見た時から気づいていた。肩に羽織《はお》ったペラペラのダウンジャケットも、ソールが汚れたボロボロのスニーカーも。どれをとっても、彼が裕福な生活を送っているようには思えなかった。

「関係ないじゃないですか」

聞いてみただけじゃない、と笑うと、彼はふて腐れたようにそっぽを向いた。それを見て、亜矢みたいだな、と思った。不思議だ。シュウに似ているはずのこの人は、どうしてか私の娘にも似ている。

「もっと割の良いバイト先、紹介しようか」

その言葉に、彼が眉《まゆ》をひそめる。

「たまに、私と遊んでくれないかな。一時間とか、二時間でいいよ。そしたら、これと同じだけのお給料を払ってあげる。どう？　暇な時におばさんとデートして、二万円。ちょっとした小遣い稼ぎとしては、いいんじゃないかな」

頭には、これまでスタコンのためだけに使ってきた、独身時代の貯金二百万円があった。あとは、今のパートのお給料。生活費の足しにしているのとは別に、自分のために貯めているお金がある。少ししてから、それって枕みたいなことですか、と聞かれた。

「やだ、そういうのは絶対になし。アイドルの子に、そんなことさせられないよ」

というか、私もさすがにそこまではする勇気がない。食事とかカラオケとか、と続けると、なんでこんなこと、と聞かれた。迷った末に、ボランティアみたいなものかな、と答える。

「夢を追ってる若者って、好きなんだ。見てると勇気がもらえるし、元気になるから」

これは、本当だった。

「それに、さっきも言ったでしょ。私、あなたのファンなの。だから、応援させて欲しい。それだけ」

これも、本当だった。私はシュウを応援したい。彼がアルバイト時代に随分《ずいぶん》苦労した、という話を聞いて、どうして私はその時シュウに出会っていなかったんだろう、と思った。できることなら今すぐタイムスリップして、昔の彼を助けてあげたいくらいだ。

とは言いながらも、本当は自分を満たしたかっただけなのかもしれない。今、彼に向かってそれらしいことを並べ立てている私は、まるで私じゃないみたいだ。家で娘に怯《おび》えている自分とも、夫に頼りきりの自分とも違う、新しい自分に出会えたような気持ちだった。

しばらく黙り込んでいた彼が、覚悟を決めたようにテーブルの上の一万円札に向き直った。一瞬だけ、伸ばしかけた手が止まる。それを上から包み込むようにして、強引にお金を握らせた。その瞬間、彼の中で張り詰めていたものが、じんわりと溶けてなくなるのがわかった。

「……ありがとう、ございます」

そう言った彼の目に、拒絶の代わりに浮かんでいたのは敗北だった。それを見た瞬間、つう、と背中を人差し指でなぞられるような心地がした。それは決して、嫌な感触ではなかった。私は彼に向かって、鷹揚《おうよう》な笑みを浮かべた。

「これからもよろしくね。シュウ」

そんな風にして、私達の関係は始まった。

次に会った時、彼に連れられて入ったのは、この辺りでもいちばん人気のない個人経営のカラオケ屋だった。元々汚いとか料理が来るのが遅いとか評判が悪かったけど、駅前に大きなチェーン店ができてからというもの、ますます閑古鳥《かんこどり》が鳴いているような店だった。

部屋も狭いし汚いし、その上防音設備も完璧ではなくて、向かいの部屋の歌声がとぎれとぎれに聞こえてきた。店員はいつ来てもやる気のない金髪の女性しかおらず、客層は老人や素性《すじょう》の知れない中年カップルが多い。

ファンに見つかるとまずいから、というのが彼の言い分だったけど、単純に、私と一緒にいるところを人に見られたくなかったのだと思う。

部屋に入ってすぐ、若い人が好きそうな食べ物をいくつか注文した。唐揚げにポテトフライに、シーザーサラダに焼きうどん。適当に頼んだそれを、彼はぺろりと平らげた。余程お腹が空《す》いていたらしい。

その食べっぷりは、生まれつき食が細く、気がつけばゼリー飲料一本で一日を終えることもある、とインタビューで話すシュウの食生活とはかけ離れたものだった。そして食事を終えると、気まずさを誤魔化すためか、例のリモコンを操作して、カラオケ機に曲を入れた。イントロが流れ出し、彼が歌い出した瞬間、ああ、と思った。

彼の歌は本物のシュウより、ずっとずっと上手かった。伸びやかな声も、ぶれることのない正確なピッチも、何オクターブもある幅広い音域も。一度でもシュウの歌を聴いていればわかるはずのことなのに。

シュウは、スタコンの中でもいわゆるビジュアル担当、つまり顔だけの男だ。歌も歌えなければ、トークもできない。シュウの演技に度々見受けられる独特な間は時折、ファンの間で「芝居がバグってる」と揶揄《やゆ》されることもある。

でも、それこそが彼の魅力だ。顔はいいけど、中身がともなっていない残念な男。そして、だからこそ多くの人に愛されている。シュウのファンは、そんなシュウをまるごと愛しているのだ。

そういう意味で、彼の演じたシュウは勉強不足の一言に尽きた。おそらく、スタコンとシュウの存在は把握しているのだろう。駆け出しとはいえ、アイドルだ。もしかしたらプライベートで、似てると言われたこともあるのかもしれない。でも彼は、シュウがシュウたり得るためのすべてを持っていなかった。ステージ上に立った時、彼が発するカリスマ性。どこか浮世離れした雰囲気。そしてもちろん、右瞼のホクロも。

しかし私は、それらすべてに目を瞑《つむ》ることにした。そう、彼の嘘に乗ると決めたのだ。彼を問い詰めるようなことはせず、話を合わせて、次の「デート」を取りつけた。

そして彼と会う度、シュウがコンサートで見せたパフォーマンスがどれほど素晴らしかったか、シュウが出演した番組がどんなに面白かったか、そして近々予定されている舞台をどれだけ楽しみにしているかを語った。

容易《たやす》いことだ。どれも、本物のシュウに言いたかったことをそっくりそのまま口に出せばいい。最近では彼の方も、随分シュウとしての演技が板についてきた。嘘の誤魔化し方も覚えた。その振る舞いも、随分堂に入ったものになっている。

私は彼を知らないし、彼も本当の私を知らない。私は、彼の名前を知らない。彼の職業も、家族構成も、普段の生活も。どうしてリスクを背負ってまで、私と会ってくれるのか。本当にお金に困っているからか、私をからかっているのか、それともただの気まぐれか。

ただひとつだけ、言えることがある。

私と会っている時、彼は「シュウ」で、私は「シュウのファン」だ。嘘だろうと、偽者だろうと。彼に会っている間、私は誰よりシュウに近しい人間になることができたし、夢を見ることができた。私には、それで十分だったのだ。


「え、何これ。容量いっぱいなんだけど」

夕飯の後片づけをしていると、亜矢がリビングから非難がましい声を上げた。洗い物を中断して顔を向けると、亜矢が新たにテレビ番組を録画しようとしていた。

「古いの消していいよね」

亜矢の操作に合わせて画面が切り替わり、真ん中に「消去しますか」の文字が現れた。

「ちょっと、駄目《だめ》!」

それを見た瞬間、思わず叫んでいた。

亜矢が消そうとしていたのは、スタコンが初めて地上波の音楽番組に出演した時の映像だった。番組中、参考映像として私が初めて行ったコンサートの様子が流れるシーンがあり、何度も大切に見返していたものだ。

慌てて亜矢の元へ駆け寄り、リモコンを引ったくる。私の反応に、亜矢は凍《こお》り付いたように体を強張らせた。その顔を見て、ようやくはっとした。少ししてから、亜矢は唇を半分だけ吊《つ》り上げるような笑みを浮かべ、こわっ、と吐き捨てた。

「……ごめんね。でもこれ、ママの大切なやつだから」

そう言ってリモコンを返すと、亜矢は不満気な顔でそれを受け取り、「じゃあ、DVDとかに移せばいいじゃん」と吐き捨てた。

そんなこと言われても、やり方がわからない。きっと亜矢は、それも織り込み済みで言っているんだろう。そもそもこの番組だって、亜矢に頼み込んで録《と》ってもらったものだ。

「何だ、どうした？」

異変を察知したらしい雅之さんが、慌てて割り込んでくる。

「なんかママが、自分の番組は消すなって」

「なんだ、そんなこと。それなら、パパが前に録画したやつ消していいよ、日曜日のドキュメンタリーのやつ」

はーい、と気のない返事をした亜矢が、ボスンと音を立ててソファに腰を下ろした。

「亜矢、そんなに怒るなよ」

「あたし悪くないもん。ママが勝手に怒ってるだけ」

雅之さんが、説明を求めるように視線を送ってきた。どう返せばいいかわからず、棒立ちのまま口を噤む。雅之さんには、普段イベントに足を運ぶ時も、パート仲間の付き合いで、とか、友達に誘われて仕方なく、と説明していた。

「なんか、ママが最近ハマってるアイドルなんだって」

突如耳に飛び込んできた台詞に、思わず目を剝《む》いた。しかし亜矢は平然とした顔で、「スターなんとかっていう、地下アイドルの男性版」と続けた。反射的に、スターダム・コンセプト、と訂正する。

「え、なんだって？」

二度繰り返す勇気はなく、そういう人達がいるの、とだけ伝える。すると少し考えるような間を置いて、テレビの方に目を向けた。

「あれか」

テレビでは丁度、夜のニュースキャスターに抜擢《ばってき》されたことで話題になった男性アイドル歌手が、バラエティ番組で理想の女性像について語っていた。亜矢が、そうそう、と軽薄な合いの手を入れる。

「あれの、もうちょっとマイナーっていうか、メジャーじゃない版、みたいな」

「それ、ママの友達が好きなやつじゃなかったっけ？」

「だから、その影響でママもハマったんじゃないの」

雅之さんと亜矢の会話に、耐えきれず口を開く。

「……いや、その、ハマったっていう程でもなくて。ただちょっと、いいなって。スタコンはアイドルアイドルしてないし、どっちかっていうとアーティストに近い感じで。なんかね、舞台とかもやってるのよ。演技も上手いし、ラジオ番組持ってる子もいるし……」

ごにょごにょと続けると、亜矢が「うわ、今のめっちゃオタっぽい」と言って笑い声を上げた。

「スタコンって、そういう風に略すんだ。なんか、面白い」

どう「面白い」のかも、何が「オタっぽい」のかもわからなかったけど、自分が馬鹿にされているらしいことだけはわかった。

雅之さんは、そこまで聞いてもいまいち腑《ふ》に落ちないという顔をしていた。ふーん、そうか、と無理に自分を納得させるみたいに、こくこくと頷いている。そして最後は、

「なんでもいいけど、仲良くやってくれよ」

と言って、リビングを去った。亜矢はそれには何も返さず、番組の予約が終わったのか、「できた、寝よ」と言ってそそくさと二階へ上がって行った。

眠りにつく前に、寝室でもう一度、ごめんね、と口にした。雅之さんが目を開けて、別にいいよ、とこちらに寝返りを打った。

「最近疲れてんじゃないの？　あんなことで怒るなんて、千絵らしくないじゃん」

そう言って、布団の中から腕を伸ばす。

「パートとかも、無理すんなよ。その、布袋さんだっけ？　色々頼まれてるんだろ。千絵、断るのとかそんなに向いてないじゃん。あんまりひどい時は相談してよ、俺が上手く言ってやるからさ」

そう言って、ペットの犬や猫を愛《め》でるみたいに、わしわしと髪を撫《な》でつける。雅之さんはどうやら、スタコンのファン活動も私が布袋さんに付き合わされて断り切れずにやっているもの、と解釈したらしい。

雅之さんは、じゃあおやすみ、と言って布団の中に潜《もぐ》り込んだ。疲れていたのか、部屋の明かりを消して一分もしないうちに、すうすうと静かな寝息を立て始める。健《すこ》やかな寝顔が、憎らしいくらいだった。

暗い天井を見つめながら、さっき言われた台詞を何度も反芻《はんすう》した。無理すんな、って何。向いてない、ってどういうこと。私らしいとか、勝手に決めつけないで。咄嗟に口にすることのできなかった言葉達が、今になって次から次へと溢《あふ》れてくる。

自分の頭に向かって伸ばされた手を、払いのけたい、という衝動に駆られたのは、結婚して初めてだった。

あんなこと、なんかじゃない。さっきのは、あんなこと、で片づけられるような話じゃなかった。雅之さんが何気なく口にした言葉が、どうしても許せなかった。何も知らない癖《くせ》に。私のことも、スタコンのことも。シュウにそっくりな彼のことも。何も、何も知らない癖に。

「この前のオーディション、どうだった?」

私の声に、彼がこちらを振り返った。丁度、さっきまで室内に響いていた喧《やかま》しい音楽がフェードアウトし、エアポケットのような沈黙が訪れる。前回から約二週間ぶりの「デート」だった。こちらを向いた彼のつむじは、前に会った時より随分黒い面積が増えている。

再び口を開こうとした瞬間、部屋の扉が開いた。お待たせしました、と店員がテーブルの上に注文した食べ物を並べる。今日もメニューは、サイドメニューのフライの盛り合わせと、彼の好きな焼きうどんだ。

温かいうちに食べちゃおっか、と小皿によそい、割り箸《ばし》を渡す。うどんを箸で摘《つま》んだ瞬間、ぷあん、とソースの香ばしい匂いが漂《ただよ》ってきた。その上には、いつか彼が言った通り、大量の鰹節がかかっていて、ゆらゆらとその身を揺らしていた。

小皿を受け取った彼が、「……それ、どれのことだっけ」と呟いた。

「色々受けてるから、自分でもわかんなくなるんだよな」

そう言い捨てて、焼きうどんをかっこむ。あちっ、と悲鳴を上げ、おおげさに舌を出してみせた。あまり深く突っ込まれたくないんだな、とわかったから、私もそれ以上は聞かなかった。二人共、無言で焼きうどんを啜る。

付き合いを重ねるうち、少しずつ彼のことを知るようになった。極度の猫舌であること。栗色の髪は、月に一回脱色剤を買ってきて、自分で染めているということ。そして、彼がどうやらシュウと同じく、芸の道を志《こころざ》していることらしいこと。ようするに、彼は売れない役者であり、フリーターだった。

知り合ってすぐの頃、失礼だとは思いつつも、食べていけているのか、と聞いてしまった。彼が、会う度にお腹を空かしていたからだ。それはシュウにというより、彼自身に対しての純粋な疑問だったのだけど、彼はすんなり、こう返してきた。

『ギリギリです。普段は単発でバイトしてて。結構多いんですよ、この業界。まだ食えてるわけじゃないし、舞台とかやってると、決まったシフトにも入れないから。時間に融通の利く派遣とか、夜間の警備員とか、色々やってます』

その時、あれ、と思った。彼が、嘘を吐いているようには見えなかったからだ。それ以外にも、思い当たる節はたくさんあった。映画のエキストラを務めたら一日待機時間で潰れてしまったとか、なんとかという女優は実は性格が悪いとか、舞台に出演した時の事務所のノルマがきついとか。

彼がぽろぽろとこぼす「業界の打ち明け話」は、作り話にしては随分実感がこもっていた。切実だった。もちろん、それ本当？　と聞き返してしまうような与太話《よたばなし》もないわけではなかったけど、概《おおむ》ね彼が見て、聞いて、体験したことを話しているように思えた。

最近では、よくわからなくなる。彼が言っていることがただの嘘なのか、それとも自身の身に起こっていることなのか。先日、彼は珍しく興奮した様子で、半年後に始まるドラマの仕事が決まりそうだ、と報告してきた。前々から親交のあるプロデューサーの企画で、三次選考まで進み、明日のオーディションを受ければあとは連絡を待つだけだ、とそう言っていた。

「……私にできることがあったら、言ってね。応援してる。私はいつだって、シュウの味方だから」

すると、彼は箸を止め、じっとこちらを見つめてきた。その視線の強さに、目を逸らせなくなる。改めて見てみると、彼の顔は素人目に見てもやっぱり整っていて、シュウにそっくりで、でもシュウとは全然違う。

右の頬に散らばった、いくつかのシミ。シュウよりも、少しだけ上を向いた鼻の穴。シュウよりも厚ぼったい、ひび割れた唇。ホクロひとつない、きれいな瞼。それらが、絶妙なバランスで彼の顔の上に載っていた。

「ありがとう」

そう言って、シュウは再び箸を動かし始めた。テーブルの上には、私がさっき渡した「バイト代」が、剝き出しのままそこに置かれていた。それを見ていたら、伝えたい、と思ったことは何ひとつとして上手く言葉にすることができなかった。

私は冷めてひっつき、巨大な小麦粉の塊《かたまり》と化そうとしている焼きうどんを、苦労して自分の小皿へと取り分けた。そして、思った。いっそのこと全部知っているよ、と言えたらどんなに楽だろうか、と。


やがてスタコンにとって、そして私にとっての転機が訪れた。スタコンがコンサートや舞台だけでなく路上でのダンスパフォーマンスを始め、その様子を撮影した動画がネット上で話題になったのだ。それをきっかけに、大手事務所への移籍が決まり、スタコンの存在はテレビでも取り沙汰《ざた》されるようになった。

スタコンは、若い女性ファンを中心に、じわじわと売れ始めていた。さらに新しい事務所の方針か、今まではやらなかった個人のSNSを始め、握手会を開くようになった。布袋さんは、さっそく握手会に参加して「ケイトと話しちゃった」と喜び、ケイトのアカウントにしょっちゅう「いいね」を送っていた。

『だってすごくない？　コンサートでしか見られなかった人が、自分に話しかけてくれるんだよ。すごく身近に感じるっていうか。ツイッターとかで、プライベートの写真上げてくれるのも嬉しいし』

布袋さんはそう言っていたけど、私の気は進まなかった。事実、スタコンのメンバーが身近になったことは確かだ。私は見ないようにしていたけど、シュウもインスタグラムを始め、定期的に舞台の稽古《けいこ》の様子をアップしているらしい。

けど、そのせいでアンチと言われる人達がメンバーを貶《おとし》めるような発言を繰り返したり、ファンが衝突したり、あるいは古株のファンと新規のファンとでは握手会での対応に差がある、という噂が流れ、炎上騒ぎになったりしていた。

もちろん、世間から注目を集めていることもあって、スタコンの活動自体は活発だった。テレビやラジオ、雑誌やインターネット番組への露出が格段に増えたし、コンサートで見かけるメンバーの姿は生き生きとして、今まで以上に輝いていた。私が、彼が、思わず目を逸らしたくなるほど。

それは、家族三人で朝食を囲んでいる時に起こった。

「ご飯の時くらいはやめて」

用意した朝食にもろくに箸を付けず、スマホを手放さない亜矢にイライラして、つい語気を強めてしまった。いつもならそこで言うことを聞く亜矢が、今日は珍しく引き下がらなかった。

「食べながらいじってるわけじゃないじゃん。鳴ったから、ちょっと見ただけで」

「だから、それを言ってるの。別に今見なくたっていいでしょ。くだらないもの見てる暇あったら、早く食べちゃって」

すると亜矢は唇を嚙んだまま、テーブルに叩きつけるようにスマホを置いた。

「わかった。もう触らないから、これでいいでしょ」

そう言って、リビングを立ち去ろうとする。さすがに気をもんだのか、雅之さんが、亜矢を引き止めた。

「待て、亜矢。ちょっと座りなさい」

亜矢は、不服そうな顔で椅子に座り直した。

「亜矢、どうした？　最近変だぞ。今のはちょっとないんじゃないのか」

すると、亜矢はさっきまでの反抗的な態度から一転して、こくりと頷いた。

「だったら、ママに謝りなさい。な？」

雅之さんがやさしく諭《さと》す。しかし、亜矢はなかなか首を縦に振らなかった。しばらくして、ようやく口を開いた。

「謝りたくない」

思わず、声を上げそうになる。それを、雅之さんが目で制した。

「なんで嫌なんだ？　今、言えるか？」

亜矢は、ちらりと私の顔を見た後、ぶんぶんと首を振った。

「なんでよ、亜矢。昨日のこと？　ママがお小遣いあげなかったから？」

昨日、亜矢が珍しく話しかけてきたと思ったら、小遣いのおねだりだった。今月分の小遣いはすでに与えてあったので、何に使うのかと聞いてみても頑《かたく》なに言わない。押し問答が続いた末、亜矢は「パパにお願いするからいい」と拗《す》ねて部屋に戻ってしまった。

後で雅之さんに聞いてみたところ、週末になんとかという声優のイベントに行くための交通費が欲しかったらしい。雅之さんは「恥ずかしかったみたいだよ」と言っていたけど、本当にそれが理由だったのかはわからない。

雅之さんが、千絵、と咎《とが》めるような視線を送ってきたけど、もう我慢できなかった。思わず涙声になってしまう。

「亜矢、なんで？　なんでママには教えてくれなかったの？　言ってくれれば良かったのに」

けど、それが亜矢の心に響いた様子はなかった。亜矢は俯《うつむ》いたまま、ママに言ったってわかんないよ、とため息交じりに呟いた。

「その、わかんないって言うのやめなさい！」

するど、亜矢がようやくこちらを見返した。

「ママだってわかんないわよ。最近の亜矢、もうわかんない。アニメだの漫画だの、そういうわけのわかんないものばっかり見てるからなんじゃないの？」

その瞬間、私を見つめる亜矢の視線が、すっと冷めるのがわかった。

「アニメは駄目で、大人がアイドルにハマるのはいいんだ」

え、と返すと、「結局、自分に理解できないものを駄目って言ってるだけじゃん」と言って、テーブルの上のスマホをスカートのポケットに滑《すべ》り込ませた。

「自分だって、番組消されそうになって怒ってたくせに。なのに、人のものは簡単にわかんないとか、くだらないとか言えるんだ。本当、勝手だよね」

突き放すような声に、咄嗟に言葉が出てこず、黙り込む。亜矢はそんな私を見て、勝ち誇ったような笑みを浮かべた。

雅之さんが何か言いかけたのを察してか、亜矢は「もう行く」と言って、再び立ち上がった。そしてリビングのドアを閉める寸前、一度だけこちらを振り返った。

「全然、くだらないことなんかじゃないから」

そのまま、逃げるように家を出てしまった。

「ごめん。私、かっとなっちゃって」

すると雅之さんは、「まあ、こういうこともあるよ」と気まずそうな顔で新聞を開いた。

「今日、帰ったら亜矢に話聞いてみるよ」

「……うん。そうしてもらっていい？」

私じゃ話にならないと思うから。そう言うと、一呼吸置いて、雅之さんが「自分が話す、とは言わないんだな」と呟いた。声に滲んだ失望の色に、はっとして顔を上げる。すると雅之さんが、言いづらそうに口を開いた。

「亜矢、言ってたよ。最近ママの差別がキツいって」

差別って、と返した私に、雅之さんは、もちろん千絵がそんなつもりないのはわかるけどさ、と苦笑いした。

「でも俺なんかより、本当は千絵の方が亜矢の気持ちがわかるんじゃないの？」

質問の意味がわからず、眉をひそめると、雅之さんが「その、千絵の好きなスターなんとかってやつ」と続けた。

「ファンクラブにも入ってるんだろ。亜矢が教えてくれた」

それを聞いて、バレていたのか、と顔が赤くなった。と同時に、それまで不思議と感じていなかったはずの羞恥心《しゅうちしん》と、強い罪悪感に襲われた。お前はずっと、家族を騙してきたんだ。今まで目を逸らし続けてきたものに、正面から向き合え、と言われたような。

「亜矢も、だから余計ショックだったんじゃないかな。味方だと思ってた人に裏切られた、みたいな」

雅之さんがリビングの時計に目を遣り、そろそろ行かなくちゃ、と立ち上がった。気まずい思いでコートと鞄を手渡すと、雅之さんはそれを受け取り、できればさ、と呟いた。

「なるべく早めに帰るつもりだけど、もし先に亜矢が帰ったら、声だけでも掛けてみて。本当は、亜矢も待ってると思うから」


「あ」

思わず声を上げた私に、彼は部屋の前で驚いたように足を止めた。

「何かあった？」

スマホをポケットに突っ込み、ううん、と首を振る。彼をドアの向こうに押し込めるようにして、部屋へと入った。

「えっと、私飲み物取ってくる。シュウ、何がいい？」

「……じゃあ、コーラ」

それを聞くや否や、部屋を出てドリンクバーのコーナーへと走った。近くに誰もいないことを確認して、スマホを覗《のぞ》く。画面をスクロールしていた親指が次第に、強張ったように動かなくなった。しばらくの間目を瞑り、何度か深呼吸をして、よし戻ろう、と覚悟を決めた瞬間、背後から呼び止められた。

「千絵さん」

思わず、ひっ、と声を上げていた。それを見て、驚きすぎ、と笑った彼は、少しの沈黙を挟んだ後、自分のスマホを取り出して見せた。

「もしかして、見ちゃった?」

答えられずに黙っていると、彼はまるでいたずらを見つかった子どもみたいな顔をして、ぺろりと舌を出した。

「今日は、これ報告したくて呼んだんだ。千絵さんと一緒に、お祝いしたくって」

そう言われて、私はますます何も言えなくなった。私が見ていたのは、彼が以前オーディションを受けた、と言っていたドラマの、配役決定のニュースだった。

最近CMなんかでも見かけるようになった小劇場出身のカメレオン俳優と、美少女コンテストで優勝を射止めた新人女優の写真に連なって、そこに並んでいたのは彼――、ではない。彼によく似た、いや、彼がよく似ていたはずの、本物の「シュウ」だった。

この頃すでに、スタコンは「長い下積み時代を経てようやく花咲いた、実力派アイドルグループ」として、世間に認知されていた。そしてその起爆剤となったのが、他でもないシュウその人だった。

シュウは、深夜番組で企画された「私が選ぶ残念なイケメン」というコーナーへの出演をきっかけに、バラエティ番組で引っ張りだこになった。得意でない歌を歌ったり、たどたどしいエピソードトークを披露《ひろう》するシュウは、視聴者の笑いをかっさらい、瞬く間にブレイクした。

続けて、男性向け化粧品のＣＭソングにスタコンの新曲が起用され、ケイトがイメージキャラクターに抜擢された。さらに、ケイトがＣＭで見せたダンスの振り付けが、かわいいと話題になり、今はその「踊ってみた動画」をネットにアップするのが流行《はや》っている。

スタコンは確実に、時の人となりつつあった。以前は「バグ」と評されていたシュウの演技も、今では「味のある演技」と言葉を変えて、その筋の業界人からは一定の評価を受けていた。

今回のドラマへの起用は、お笑いタレント的なキャラクターでお茶の間に馴染《なじ》んだことをシュウが気に病《や》み、本格的に演技に力を入れたい、と各方面に頼み込んだ結果、その熱意に動かされたプロデューサーが周囲の反対を押し切り、最終選考に捻《ね》じ込んでくれたんだそうだ。

スタコンがその名の通りスター街道を上り詰めていく中、最近彼との連絡は途絶《とだ》えがちになっていた。

「千絵さん、この前の見てくれた？　生放送だったから、緊張しちゃったよ。俺、最初マイク落としかけたんだよね。なんとかフォローしたけど」

部屋に戻ると、焼きうどんと山盛りのフライドポテトが到着していた。慣れ親しんだいつもの匂いが、行き場をなくしてどんよりと部屋に漂っている。それらには一口も箸を付けず、彼は息継ぐ間もなく喋り続けた。その彼の表情を見て、ふと思う。

「前も言ったでしょ。あのドラマ企画したの、知り合いのプロデューサーだって。ほんとラッキーだったよ、あの人のおかげで役ゲットできたんだもん」

彼は、こうなったタイミングだからこそ私を呼び出したんじゃないか。

「コネみたいなもんだから、ずるいって思う人はいるかもしれないけど。役を勝ち取ったのは、俺の実力だって信じたいんだよね。だって、最終選考から選ばれたわけだから」

私がこのニュースを知ること。私を前にして、彼がシュウとして振る舞うこと。私が彼を偽者だと知っていること。彼が、すべてわかった上で私と会っているとしたら。

「他にも頼んでいい？　なんか豪勢なやつ食べたいな、ステーキとか。ねえか、こんなとこじゃ。せっかくだから別の店行けばよかった。無理かな、俺、今結構有名人だし」

彼はそう言って、私が持って来たコーラを啜ると、あくまで話の流れ上仕方なく、といった調子で、だからさ、と続けた。

「そろそろ会うの、やめない？　前から、ちょっとヤバいと思ってたんだよね。他のファンの子の目もそうだし、マスコミとか心配だしさ」

パパラッチってやつ。すごくない？　そう言って、彼が引き攣《つ》ったような笑みを見せる。乾いた声に、彼は最初からこれを言いたかったんだな、と気づいた。

「本当、千絵さんには感謝してる。下積み時代に支えてくれた人がいるって、いつかテレビで話すよ。あ、でもまずいか。旦那さんも娘さんもいるんだもんね」

彼の顔はあくまで微笑みの体《てい》を保ったまま、その目はずるく光っている。このことは誰にも喋るなよと、そう言っている。答えずにいると、彼がしびれを切らしたように、あ、と声を上げた。

「ヤバい、そろそろ行かなくちゃだ。夜に撮影あるの、忘れてた」

そのまま、逃げるようにソファから立ち上がった。

「悪いんだけどさ、ここだけ支払ってもらってもいいかな。ちょっと急いでて」

私が伝票ホルダーを取る度に、いつも申し訳なさそうに頭を下げていた彼の姿は、そこにはなかった。

いいよ、と答えた。それを聞いて、彼がぴたりと動きを止める。そのまま去ってしまったっていいはずなのに。初めて出会った時みたいだ、と思った。その律儀さが、たまらなく愛《いと》しかった。

「支払いでもなんでもするよ。私はいつだって、シュウの味方だから」

すると彼は、ぼんやりした口調で、味方、と私の台詞を繰り返した。

「千絵さんは、俺の味方なの」

「うん」

急に黙り込んだかと思うと、しばらくしてから、じゃあさ、と呟いた。

「俺がアイドルじゃなくても、俺の味方でいてくれる？」

息を呑んだ私に、例えばだよ、例えば、と笑いを交えて語る。

「俺がアイドルなんかじゃなくて、実はとんでもない極悪人で。でも、めちゃくちゃ金に困ってるって相談したら、千絵さんはお金を用意して、来週もまたここに来てくれる?」

「なんで、そんなこと聞くの」

「御託《ごたく》はいいからさ」

いくら必要なの、と聞いてみると、彼は唇を歪《ゆが》めて、十万でも二十万でも、あればあるだけ、と呟いた。

「千絵さん金持ちなんでしょ。そのくらいわけないじゃん」

そう言って、へらへらと笑った。その癖、すぐに私から目を逸らしてしまった。そして、そんな自分に腹を立てたように、ち、と小さく舌打ちをして、どうなの、とこちらに詰め寄った。

今なら言える。そう思った。知ってるよ。あなたがアイドルなんかじゃないってこと。とんでもない極悪人かもしれないってこと。とてもお金に困っていること。全部、全部知ってる。

「それでも千絵さんは、俺の味方?」

「当たり前じゃない」

考える間もなく、即答していた。彼は、は、と乾いた笑みをこぼし、千絵さん馬鹿すぎ、と声を上げた。いつも「バイト代」を渡す時、申し訳なさそうに「ありがとう」を言ってくる彼は、その「バイト代」よりずっとずっと大きなお金を約束しても、ちっとも嬉しそうじゃなかった。

「そんなんじゃ、悪い奴に騙されちゃうよ」

そう言って、今にも泣き出しそうな顔で、私を見つめている。だから私は、大丈夫だよ、とそれに返した。

「私、シュウのこと信じてるから。だから、騙されたりなんてしないよ」

それは、心の底から思った本当の気持ちで、心の底から本当にしたいと思った嘘だった。

「シュウは、どう?」

え、と眉をひそめた彼に、もし私が、と噛み締めるように呟いた。

「私がお金持ちでもなんでもない、ただのつまらない主婦でも、私の味方でいてくれる?」

彼の表情は、変わらなかった。しばらくしてから、当たり前じゃん、と彼が呟いた。

「だって俺は、アイドルなんだから」

アイドルは、どんなファンでもその人の味方でいるものでしょ? そう言って笑った彼は、決して嘘を吐いているようには見えなかった。

「ねえ、シュウ」

私は彼を呼んだ。彼の本当の名前を知らないから、仕方なくその名前で彼を呼んだ。

「最後にお願い、聞いてもらってもいいかな」

返って来た沈黙を、無理矢理了承と受け取る。一呼吸置いてから、それを言った。

「触ってもいい?」

彼は一瞬フリーズしたものの、少ししてから思い直したように、うん、と頷いた。

かさついた肌に、かさついた唇。ニキビの跡が残る顎周り。それを、こんなにも真っ直ぐ見つめるのは、初めて会った時以来だ、ということに気づいた。自分と似たような顔の男が自分と同じ夢を叶えていく様を、この人は今まで、どんな気持ちで見ていたんだろう。

髪をかき上げると、傷んだ栗色の髪の根元はすっかり黒くなっていた。指をそのまま、額から眉、鼻筋、そして右の瞼へとなぞらせる。瞼に触れたまま固まった私を、彼は不思議そうな顔で眺めていた。彼はもう、私から目を逸らそうとはしなかった。

隣の部屋から、曲名を思い出せない往年のヒットソングが聞こえていた。テーブルの上には、すっかり冷めた焼きうどんと、萎《しな》びたプライドポテトが横たわっている。胸やけするような脂《あぶら》っぽいかおりに包まれながら、静かに目を閉じる。次の瞬間、ぐ、と腕を引っ張られるのがわかった。

今瞼の裏に浮かぶべきシュウの姿は、本物と偽者のどちらなんだろう。考えてみてもすぐに答えは出なくて、私はじっと、暗闇の向こうに目を凝らし続けた。

あれから一週間後、私は自分の貯金からありったけのお金をかき集め、カラオケ屋へと向かった。けど、いつもと同じ待ち合わせの時間から三十分経っても、一時間経っても、彼は現れなかった。もちろん連絡も来ない。こちらから連絡しようにも、メッセージは届かず、電話番号も使用されていないものになっていた。

それから時を置かずして、ある写真が複数のSNS上に同時にアップされ、ほんの少しだけ世間の話題をさらった。それは、スタコンのシュウが女性と手を繋ぎ、ラブホテルに入ろうとしている場面を激写したものだった。ネット上では様々な臆測が飛び交い、シュウはインスタグラムのコメント欄を閉鎖する事態にまで追い詰められた。

しかしそれが後に、事実無根のガセネタであることが発覚した。写真に写っていた女性の告発により、相手は本物のシュウではなく、シュウのそっくりさんであることがわかった。女性曰《いわ》く、シュウを語る人物に言葉巧みにたぶらかされ、お金を騙し取られた、とのことだった。

驚くべきことに、シュウのそっくりさんに騙された、という女性は、彼女の他に何人も現れた。その多くは、「すっかり騙された」「偽者だと知っていたら何度も会ったりしなかった」と訴えているそうだ。

しかし、この「そっくりさん」が本当に、彼であるのかはわからない。騙されたという女性達に、そっくりさんがカラオケで焼きうどんを頼んでいたかを聞けば、簡単に答えは見つかるのかもしれない。でもきっと、その機会は訪れないだろう。

一連の騒ぎが影響してか、スタコンの人気には次第に陰りが見え始めた。最近では、メンバーの個人活動が増えたこともあり、メンバー間に収入格差があるとか、不仲説だとかがまことしやかに噂されるようになってしまった。

シュウはというと、イチから演技の勉強をし直したいということで、地道に舞台への出演を重ねている、らしい。らしい、というのは、私はそれを実際には目にしていない。彼と別れて以来、シュウの活動に興味を持てなくなっている自分に気づいた。布袋さんからのコンサートの誘いも、このところ断りがちになっている。

「ごめんね」

騒動が落ち着いてしばらくが経った頃、久しぶりに三人が揃った夕食の席で、亜矢にそう伝えた。

「くだらないとか、勝手なこと言ってごめん。ママにそんなこと言う資格、なかったと思う」

もう一度、ごめん、と繰り返す。それを聞いた亜矢は、別にいいけど、と気まずそうに俯いていた。雅之さんも、心配そうな顔つきで成り行きを見守っている。しばらく経って亜矢が、落としてあげよっか、と呟いた。

「あのアイドルの映像。DVDに、落としてあげてもいいけど」

容量ぱんぱんでこっちも困るし、と言い訳をするように付け足した。

「……ありがとう」

でもいいや、と首を振った。亜矢は驚いたように顔を上げ、なんで、好きなんじゃないの、と聞いてきた。

「うん。でももう、飽きちゃった」

そう答えると、亜矢は「ピーク過ぎたから飽きるとか、ファン失格じゃん」と唇を尖らせた。本当だね、ファン失格だ。そう言う私を、亜矢はどこか腑に落ちないような顔で見ている。雅之さんが隣から、「なんだなんだ、仲直りか」と言って、晩酌《ばんしゃく》のビールに口を付けていた。

シュウのそっくりさん騒動は一時インターネットのトップニュースになって、ワイドショーを賑《にぎ》わしたりもしたけど、すぐに新たなアイドルのスキャンダルが取り沙汰され、やがて世間からは忘れられていった。

そんなある日、私が一人でテレビのレコーダーをいじっていた時のことだ。偶然、それを見つけた。四苦八苦しながら、初めて自分の力だけで辿《たど》り着いた録画一覧の画面に、ひとつだけ懐《なつ》かしい番組が残っていた。私は震える指でリモコンを操作し、再生ボタンを押した。

その時、学校から帰って来た亜矢が私の姿を見て、「それ、覚えるの諦めたら？　もう無理だって」と呆れたように呟いた。聞いてる？　と言って私の顔を覗き込むと同時に、えっ、と大きな声を上げる。

「ママ、泣いてんの？　なんで？　マジで意味わかんない」

確かに、泣くような場面ではない。わかっている。わかっているのに、涙を止めることができなかった。

それは、スタコンが初めて地上波に登場した時の、テレビ番組だった。番組は進み、懐かしいコンサート映像が映し出される。やがて、テレビから聞き覚えのある音楽が流れ出した。

その歌に耳を澄ましながら、私は思い出していた。スタコンのコンサートに初めて参加した日の、あの夜のことを。客席を照らしていた照明が消え、会場が暗闇に包まれて、最初に耳についたのは、雷が落ちたのかと思う程の歓声だった。

劇場を揺るがすほどの声が、いや悲鳴が、辺りに響き渡った。それこそ、鼓膜を突き破るくらいの。次の瞬間、突如ステージを射貫いたスポットライトの真ん中に、シュウは姿を現した。

初めて見つけたブロマイドと同じ、気品に満ちた笑みを浮かべ、こちらに向かってゆっくり何度も手を振った。そして、どうだとばかりにウインクを決める。その光景があまりに眩《まぶ》しすぎて、彼の右目に、その瞼に、シュウの証《あかし》があるのかはわからなかった。

君の正しさ

考えるより先に、手を伸ばしていた。

咄嗟《とっさ》に摑《つか》んだ腕は細く骨ばっていて、想像よりもずっと頼りなかった。慌ててレジから飛び出したせいで、カウンターの角に骨盤《こつばん》をぶつけてしまった。正直、めちゃくちゃ痛い。

その人がこちらを振り返ると同時に、かしゃん、と何かが滑《すべ》り落ちる音がした。その方向に目を向けると、ミント味のタブレットが床に転がっていた。夜勤の前に眠気覚ましになれば、と俺もよく買っているものだ。

雨用マットを踏んだ俺の体に、自動ドアのセンサーが反応したらしい。ウイーン、と間抜けな音を立ててドアが開いた。と同時に、客の出入りを告げる無機質なチャイムの音が、店内に響き渡った。

「これ」

その人の腕を摑んだまま、腰を折って小さなタブレットを拾い上げる。

「レジ、通してませんよね」

質問ではなく、駄目《だめ》押しの確認だった。でも、いくら待っても返事はない。まさかしらばっくれれるつもりか？　とも思ったけど、どうやら違うらしい。目の前の女性は、この期《ご》に及んでもまだ自分のしたことが信じられない、という顔をしていた。

万引き、と口にしかけたところで、やっと反応らしい反応を見せた。俺の顔を見つめ、ぱくぱくと唇を動かす。けど次第にその動きは弱まり、女性はがくりと項垂《うなだ》れた。

その人は、ペラペラのステンカラーコートに薄手のハイゲージニット、膝《ひざ》の所が擦《す》れて色褪《いろあ》せた量産店のスキニージーンズを身に着けていた。足元は、泥で汚れたスニーカーを履《は》いている。

どれもこれも、絵の具が溶《と》けて濁《にご》ったバケツの水みたいな色をしていた。さらに言うなら、秋雨前線が迫り、曇《くも》り空と雨模様が交互に続くこの季節には少し薄着すぎるような気もした。

ふいに顔を上げたその人と、視線がかち合った。さっきまで、一切の光を失っていたように見えた瞳の奥に、微《かす》かな怒りの感情が灯《とも》っていた。じろじろ見るな。そして勝手に、私を値踏みするな。そう言われたような気がした。

「え、えーとですね」

その目に気圧《けお》されるようにして発した声は、あろうことか上擦《うわず》ってしまった。それを聞いた相手が、なんだこいつ、という顔で俺を見つめ返した。

『浩平《こうへい》って、ほんと適当だよね。いっつもヘラヘラしてるし。まあ、性格だから仕方ないのかもしれないけど』

いつだったか、明日花《あすか》から言われた言葉を思い出した。あの時はむっとしたけど、図星だったので言い返せなかった。確かに俺は、昔からこういうシチュエーションには弱い。いじめが議題の学級会や、卒業式の練習。そういう場面で一人だけふざけたり、笑って誤魔化《ごまか》したくなるのは、子供の頃からの悪い癖だ。

しんとした場面は間が持たないし、息が詰《つ》まる。雰囲気に呑《の》まれて真剣になっている自分に冷めるというか、ちょっと馬鹿馬鹿しいような気分になってしまう。明日花が言っているのは、こういうところなんだろうな、と思う。でも、出会ってすぐの頃、「適当」の部分は「おおらか」、「ヘラヘラ」は「ニコニコ」、「仕方ない」は「そこがいい所でもあるんだけど」だったはずだ。

いつまで経っても二の句を継《つ》ごうとしない俺を、相手も不審に思い始めているようだ。他に人はいないのか、早く店長でもなんでも呼びなさいよ、という目で俺を見ている。

接客の最中よく、特に気難しい客相手に、こういう顔をされる。お前じゃ話にならない、早く上の奴を呼んで来い、という顔だ。しかし残念なことに、今この店で働いているのは俺だけ。俺がどうにかするしかないのだ。

こういう時、普通ならどうするんだっけ。万引き犯を見つけた時の対処法なんて、研修にはなかった。頭をフル回転させ、持てる知識を引っ張り出す。そうだ。この前たまたま点《つ》けたテレビでやっていた、なんとか警察二十四時。あの番組で、万引き犯はバックヤードに連れて行かれ、涙ながらに自供させられるのだ。

「あの、ちょっと、こっち来てもらえますか」

腕を引っ張ると、相手が小さく、痛、と呟《つぶや》いた。思わず手を離してしまう。一瞬ヒヤリとしたけど、逃げられるんじゃないかという心配は杞憂《きゆう》に終わった。その人は、俺が握っていた自分の手首を軽くさすっただけで、そこから動こうとはしなかった。

「あっ。いやその、ごめんなさい」

「や、別に大丈夫」

初めて会話らしい会話ができた。なんだ、喋《しゃべ》れるんじゃないか。ほっとしたのも束《つか》の間《ま》、喜んでいる場合じゃない、と気を引き締める。大体なんで俺が敬語で、相手がタメ口なのか。明らかに、こっちの方が立場は上のはずなのに。

「あの。自分が何したか、わかってますよね」

言いながら、よしよし、と心の中で頷《うなず》く。そうだ、こういう雰囲気だ。テレビで見た万引きGメンも、こんな感じで犯人を追い詰めていた。

「あなたのしてること、犯罪ですから。ねえ、わかってます?」

厳しい口調で問い詰めると、相手は意外や意外あっさり、すみません、と頭を下げた。思わぬ反応に、たじろいでしまう。

さっきまで耳に掛けられていた毛が一房、ぱさりと落ちる。後ろで一つ結びにしているにも拘らず、傷んでいるせいか頭のあちこちから毛が飛び出していた。化粧はしていないらしく、シミだらけの乾いた肌は所々粉を吹いている。目の下には、うっすらと隈《くま》も浮かんでいた。

しっかり通った鼻筋も、ぱっちりとした目も、よく見るときれいなバランスで顔の上に載っていた。決して不美人ではない。でも全体を引きで見ると、今一歩美人には届かない。どこか「残念」な印象を抱《いだ》いてしまう。

年齢は、俺よりもひとまわりは上だろうか。こういうママさんっているな、と思う。まれに昼番を任された時に一緒になる、子持ちのパートさんと雰囲気が似ている。もしかして、この人にも子供がいたりするのだろうか。どうして、万引きなんて。

「……まあ、わかってるならいいんですけど」

思わずこぼした俺の言葉に、その人は何故《なぜ》か、ぱっと顔を輝かせた。ほんと？　そう言って、神様に出会ったかのような目で、俺を見ている。

「見逃してくれるの？」

え、違、と返す間もなく、ありがとう、とまた頭を下げられた。馬のしっぽみたいな髪の毛の束《たば》が、バサバサと音を立てて宙に舞った。

「気の迷いだったの。万引きなんて、するつもりもさらさらなくて。最近色々あって、疲れてたんだよね、きっと。この店だって、たまたま近くに寄ったから入っただけで。考え事してたら、自分が何してるのかわかんなくなっちゃって。そういう時ってあるじゃない。あるよね？　あなたに引き留められて、初めて気づいたんだから。私、レジ通ってないんだ、って」

急に饒舌《じょうぜつ》になったその人を、ただ黙って見つめることしかできなかった。さっきまでの沈黙はなんだったのだろう。でも、息継ぐ間もなく語られる言い訳は、どれも空々しく耳に響く。わかっているからだ。この人の言っていることは、全部嘘なんだと。

俺は知っている。店に入って来た時から、この人をずっと見ていたから。たしかに、考え事をしている風ではあった。そのくらい上の空で、生気がなかった。夜も明けようとしているこの時間帯に店にやってくる女性は珍しく、それで気になっていたのだ。

彼女は、出口前の雑誌コーナーから奥の飲料水、チルド品、おにぎりやお弁当の棚に沿って店内を一周して、何故かカウンター前の、ガムや飴《あめ》の陳列棚で止まった。

そして一度だけ、俺の顔を見た。こっちを見ないで、とも、私が今からやることを見ていて、とも、どちらにも取れるような表情だった。

その直後、あからさまに不自然な動作で両手をポケットに突っ込み、店を立ち去ろうとしたのだ。きっと俺じゃなくたって気づく。それで思わず、レジを飛び出してしまった。あれだけ不審な動きをしておいて、万引きする気はなかった、なんて嘘だと思う。

大体最初に、自分で言ったじゃないか。気の迷いだった、って。それって、万引きしようとしたことを自供してるのと同じなんじゃないか。口を開きかけた矢先、その人が、たまらず、といった様子でそれを口にした。

子供が。

子供がいるんです。小さな子供が。まだ三歳にもなってなくて。ずっと、私のことを待ってるんです。警察なんて呼ばれたら、どうしたらいいのか。その子にだって、家族にだって。みんなに迷惑が掛かっちゃう。

その言い分ひとつとっても、ツッコミどころはたくさんあった。

あんたの家族がどうなろうと、俺には関係ない。ましてや、子供なんて。ならどうして、こんな時間にコンビニなんかでふらふらしてるんだ。迷惑が掛かると思うなら、万引きなんてしなけりゃよかったじゃないか。そんな風に、言い返すことだってできたはずだ。

なのに俺は、結局その人を警察に突き出すようなことはしなかった。通報したところで、今の状況を正しく説明できる自信もなかったし、なにより、後始末を考えたら億劫《おっくう》になってしまった。モラルや正義感より、諸々の面倒臭さが勝った瞬間だった。褒《ほ》められたことではない。

浩平って、ほんと適当。いっつもヘラヘラしてる。

もう二ヶ月は会っていない恋人の声が蘇《よみがえ》る。でもすぐに、しょうがねえじゃん、これが俺だし、と開き直った。「ありがとうございます」と最後は敬語で、店を去るあの人の背中を思い出したら、自分の決断は間違っていないような気がした。

子供、と口にした時のあの人の目は、真剣だった。切実でもあった。あの人が、出会って初めて本当のことを言っているような気がした。どうしても、嘘を吐《つ》いているようには見えなかったのだ。そこに、証拠なんてなくても。

やがて、朝番シフトの松家《まついえ》君がやって来た。松家君は、学生アルバイトだ。フリーターの俺なんかよりずっと真面目で、他のアルバイトの子達からの信頼も厚い。オーナーからは、卒業後に正社員登用の声が掛かっている、という噂《うわさ》も聞く。

ほとんど毎日バイトに入っているので、休みがなくて平気なのかと聞いてみたら、働くの好きなんで、と俺には信じられないような答えが返ってきた。シンプル・イズ・ザ・ベスト。大学の方も、必要な単位はすでに取得し終えているんだそうだ。

その松家君が、今日は珍しく自分から話しかけてきた。

「芦屋《あしや》さん、何持ってるんですか」

そう聞かれて自分の左手に目を向けると、さっきのミントタブレットが握られていた。いつからそうしていたのか、自分の体温でプラスチックケースが微かに熱を帯《お》びている。

さっき起こったことをいちから説明する気にはなれず、黙ってそれを元の場所に戻した。なんだか、どっと疲れてしまった。ごしごしと目を擦《こす》りながら、窓のガラス越しに外を見遣《みや》ると、天気予報を裏切って、どんよりとした雨雲が空を覆《おお》いつつあった。


その人と再会を果たしたのは、それから間もなくのことだった。

あろうことに、彼女は自らの意志でこのコンビニへとやって来た。もう二度と顔を合わせることはないだろう、と思っていたのに。だから、レジからその人の姿を見つけた時は、思わず声を上げてしまった。

マジかよ。

その人は、店の外から俺の姿を見つけるや否《いな》や、よ、と手を上げて、一直線にこちらに向かって来た。正直、口裂け女とかよりずっと怖い。勘弁してくれ、と思った。コンビニの入店音のチャイムを、この時程疎《うと》ましく思ったことはない。

一体何のために。もしかして、復讐とか。いや、どうして俺が復讐されなくちゃいけないのか。感謝されるならともかく。混乱する俺を尻目に、その人はレジの前で足を止め、ぐるりと店内を見回した。

「ここ、いつ来ても人いないんだね」

常連客かのような、気心が知れた口調だった。それが逆に怖い。

黙っていると、やだ、そんなに嫌そうな顔しないでよ、と言ってその人は笑った。そのまま、じっとこちらを見つめてくる。蛇《へび》に睨《にら》まれた蛙《かえる》、ってこんな気持ちなんだろうか。ごくり、と唾《つば》を呑む音が、いやに大きく聞こえた。

「ずっと、考えてたんだよね」

俺の反応を察してか、その人は急に、神妙な顔つきになった。緊張しているのか、手の平をせわしなく自分の衣服に擦り付けている。

今日はシャツとカットソーの狭間《はざま》みたいな、テロテロした素材のトップスを身に着けている。実家で母親とかが着てるようなやつだ。後は例のステンカラーコートに、ジーンズとスニーカー。正直、垢抜《あかぬ》けない。

「このままじゃ、お互い気分悪いなって」

だってそうでしょう、と前のめりになって唾を飛ばす。

「私今、あなたの中では完全にその、万引き犯、みたいなことなんでしょ。あなたこの前、全然信じてなかったもんね。本当に、そんなつもりなかったのに。あなただって嫌でしょ？　万引き犯にこんなこと言われるの。って私、まだ万引き犯じゃないけど。ん？　違う、違う。別にこれまでもこの先も、永遠に万引きする気なんてないけどさ」

本当によく喋る。次々浴《あ》びせられる弾丸のような言葉に圧倒されて黙っていると、その人は、はっとしたように口を噤《つぐ》んで、あーあ、またやっちゃった、と肩を落とした。

「いつもこうなんだよね。お前は人の話を聞かなすぎるって、旦那にも言われてて」

あなたもそう思う？　不安そうな表情で聞かれたけど、すぐに答えられなかった。人の話を聞く聞かない以前に、俺は話す機会すら与えられていないわけで。

「……いや、そこまでじゃないと思いますけど」

仕方なくそう返すと、ほっとしたように、よかった、と頰《ほお》を緩《ゆる》めた。その笑顔を見たら、少しだけ罪悪感が芽生《めば》えた。その場しのぎの嘘で、肝心な何かを誤魔化してしまったような。息を吐いたのも束の間、あ、それでね、と胸の前で手を合わせる。

そのままレジ前の棚を物色すると、あったあった、と声を上げ、カウンターの上に置いた。

「はい。これ」

それは、あの日彼女が店から盗もうとした、ミント味のタブレットだった。

「お会計お願い」

え、と顔を上げると、自信満々で俺の目の前に差し出した。

「これならいいでしょう。文句なし」

どういう理由で「これならいい」のかも、誰目線で「文句なし」なのかもわからない。けど一応、この人の中では筋が通っているらしい。むしろ、俺の理解が遅い、とでも言わんばかりの顔でこっちを見てくる。

言われるまま商品をレジに通そうとすると、その人が、待って、とストップをかけた。レジを離れて店内を見繕《みつくろ》い、これも、と買い物カゴを載せる。中には、梅のおにぎりがひとつと温かいペットボトルのお茶が入っていた。

「工場だと、パンばっかり触ってるから。お米が食べたくなっちゃうんだよね」

誰にともなく、呟いた。それを聞いて、ここからそう離れていない場所にある、河川敷《かせんじき》のパン工場が思い浮かんだ。バイトを探していた時、俺も候補のひとつにしていた場所だ。もしかしたら、この人と同じ職場の同僚、という未来もあったのだろうか。

その呟きになんと相槌《あいづち》を打てばいいかわからず、黙々《もくもく》と作業を進めた。全部一緒でいいというので、一枚の袋にまとめて渡す。手渡しの瞬間、コートの袖口《そでぐち》から覗《のぞ》いたのは、あの日俺が摑んだ今にも折れそうな手首だった。

「ここ、バイト先から帰り道の途中にあるんだよね」

一度は帰りかけたその人が、思い出したかのように自動ドアの前で足を止め、こちらを振り向いた。小首を傾《かし》げて、そのままにこっと笑ってみせる。その人にはまるで似合わない仕草だった。

「これからたまに、寄らせてもらうから」

宣言通り、その人は度々《たびたび》店に顔を出すようになった。

この店の夜勤は俺が回している、ということもどうやらお見通しらしい。ほとんど狙《ねら》ったようなタイミングで、その人はやって来た。毎回同じような服装で同じような靴を履き、同じような鞄《かばん》を腕にぶら下げて。

買っていくものも、たいして変わらない。その人がこれから口にするだろう朝食のおにぎりや飲み物、一口サイズのチョコレートやクッキー、ごくたまに女性向けのファッション雑誌を買っていく時もあった。

裏を返すとその人が店に現れ、何も買わずに出て行く、ということはなかった。食べ物であれ生活用品であれ、毎回律儀に何かしらの買い物を済ませて去っていく。まるで俺に、あの日の出来事が一時の気の迷いだった、ということを証明するかのように。

もしかしたらこれが、あの人なりの贖罪《しょくざい》の仕方なのかもしれない、と思った。あの日自分がしでかした、あるいはしでかそうとしたことへの贖《あがな》いの気持ちを、行動で示そうとしているのかもしれない。もちろんそれを、直接確かめることはできなかったけれど。

そんな奇妙な関係が、一ヶ月は続いただろうか。

ある日、仕事を終えて店を出ると、ついさっき会計を済ませたはずのその人が、店の前で缶コーヒーを片手に時間を潰《つぶ》していた。丁度飲み終わった所らしく、缶をゴミ箱に押し込む小さな後ろ姿に出くわした。

その頃には、会えば多少の会話を交わすぐらいの仲にはなっていた。と言ってもそのほとんどは、出会い頭の挨拶《あいさつ》か、相手の一方的なお喋りに相槌を打つだけの、薄い関係性ではあったけれど。

その人が振り返った瞬間、お互いに、あ、という顔になって、少しの間気まずい空気が流れた。職場の近くで話しかけることは気が咎《とが》めて、そのまま店を後にする。少し遅れて、その人もまた、同じ方向に歩き出すのがわかった。その人は俯《うつむ》いたまま、俺の後をついて来た。しばらく経っても状況は変わらず、思い切って声を掛けてみた。俺の後、つけてるわけじゃないですよね。

するとその人は目を丸くして、ぶんぶんと首を振って見せた。

「違うわよ。家がこっちってだけで」

そう言って、また顔を伏せてしまった。俺もっす、と返してみたけど、答えはない。怒らせてしまったのかもしれない。でも、わざわざ謝るのも違う気がして、代わりにさりげなく歩調を緩めた。

ひしめくように家が立ち並ぶ住宅街を、隣り合って歩いた。この辺りには、新築の一軒家や古びた平屋、学生寮や空き家まで、ありとあらゆる建物が並んでいる。俺のアパートも、ここを抜けた先にあった。

まだ犬も起き出していないような時間帯だ。人気《ひとけ》のない住宅地は、気温のせいもあるけれど、妙に肌寒かった。さっきから、知らない鳥の鳴き声ぐらいしか聞こえてこない。

「……あの、名前は」

苦し紛《まぎ》れに聞いてみると、その人は驚いたように顔を上げた。そんなにおかしな質問だったろうか。

「いやその、言いたくないならいいんですけど」

しどろもどろになって、そう付け足した。するとその人は、じっと俺の目を見つめた後、「まき」とだけ言ってまた前に向き直った。

「フルネームじゃなきゃ駄目？」

そう聞かれて慌てて、いや全然、と答えた。だから、「まき」というそれが苗字なのか下の名前なのかすら、聞き直すことができなかった。

「まきさん、ですね。えっと、俺は」

「芦屋君、でしょ」

思わず目を見張ってしまった。すると、俺の顔を見て先回りしたように、名札、と続ける。

「制服の名札。付けてるから」

ああ、と納得した俺に、まきさんは、「何かあったら、クレーム入れてやろうと思って」といたずらめいた笑みを浮かべた。だから俺も、やめてくださいよ、と本気ではない困り顔で返すことができた。

「まきさんは、あそこで働いてるんですよね」

ここから続く緩やかな坂の向こうに、のっぺりとした白塗りの建物の輪郭《りんかく》が見える。この辺りでも、いちばん大きなパン工場だ。まきさんは、一度はうんと頷いてくれたものの、その後を引き継ごうとはしなかった。

「えっとあの、キツくないですか。夜勤」

自分もじゃん、と言われて、いやまあ俺は男だし、と返すと、何それ、と笑われた。

「夜、家にいても一人だし。何かしてる方が、気が紛れるから」

え、と顔を上げる。まきさんも自分で気づいたらしく、気まずそうに俺から目を逸《そ》らした。少ししてから絞《しぼ》り出すような声で、嘘じゃないよ、と言った。

「子供がいるのは、本当だから。あの子が私のこと、待ってるのも」

それからまきさんは、自分が今離婚調停中であること、それ以前も旦那さんとは別居が続いていたこと、今年の夏からアパートを借りて一人暮らしをしていること、を話した。来月三歳になる一人息子の親権を旦那さんに取られそうなことや、何があっても子供だけは取り戻したい、ということも。

時々、役所や旦那さんへの愚痴《ぐち》をこぼしながら、冗談交じりの話ではあった。だから、どこまで本当かはわからない。でも、うっすらと気づいてはいた。まきさんが夜勤明けに買っていく朝食はいつも一人分で、決して家族と暮らしているようには見えなかったから。

「ちょっと、何かないの。この話聞いて」

黙っていたら、そんなことを言われた。慰《なぐさ》めるとか、励ますとか。そう言われても、大学を出たばかりで何の社会経験も積んでいないフリーターに、言えることなんてあるはずがない。咄嗟に適切な言葉が浮かばず、悩んだ末、「人生色々っすねえ」と答えたら、まきさんがぶっと噴き出した。

「……なんすか」

「だって、何それ。思いっきり適当」

そう言って、まきさんは笑い続けた。ケタケタケタケタしつこいくらい、それが収まったかと思ったら今度は、くくく、と笑いを噛《か》み殺して。どうやらツボに入ったらしい。

まきさんの思い出し笑いがようやく落ち着いた頃、住宅街を抜け、目の前に現れた石造りの階段を並んで上った。夜勤明けの体には少しキツかったけど、俺は坂の上から見えるこの街の景色と朝焼けが好きだった。いつもより時間が掛かってしまったせいか、坂を上り切った時そこには、澄《す》み切った秋の空が広がっていた。

しばらくは、晴れたり雨が降ったり不安定な天気が続くらしい。今日の空は、薄いまだら模様の雲に覆われている。それを見たまきさんが、あれなんて言うんだっけ、と指差した。

「サバ雲、ですね」

するとまきさんが、また適当、と言って俺を睨んだ。

「や、適当じゃないっすよ。俺、じいちゃんから教わりましたもん」

「えー、本当？　なんかもっと、違う名前じゃなかった？　なんだっけな、魚は合ってた気がする」

「ああ、イワシ雲でしょ」

「あ、そうそう。それそれ」

「そうとも言うんですよ。後は、鱗《うろこ》雲とか。でも、サバ雲も間違いじゃなくて」

「嘘だあ」

まきさんは、なかなか俺の言うことを信じてくれなかった。あまりにしつこく、それ本当？

神に誓って正しいって言える？　などと食い下がってくるので、そのうち自分の記憶に確証が持てなくなってきてしまった。

「じゃあもう、俺の間違いでいいです」

そう言って話を終わらせようとすると、まきさんは、あー、諦めた、と口を尖《とが》らせた。

「そういう態度、彼女に嫌われるよ」

「もう嫌われてます」

笑いを誘うつもりで言ったのに、まきさんはそれ以上茶化すことなく、彼女と喧嘩《けんか》でもしたの、と首を傾げた。

「や、喧嘩っていうか、その。喧嘩以前の問題、かもしれないです」

元々合わなかったんですよね、俺達、とわざと明るいトーンで答えた。

「彼女、普通に働いてるんですけど。バイトとか結構、下に見てるとこがあって。言われるんすよ、なんでも適当過ぎる、みたいな。でも俺は、元々こういう性格だし。だからって、なんにも考えてないわけでもないし」

まきさんは、相槌を打つでもなく、ただ黙って俺の話に耳を傾けていた。

「適当、ってそんなに良くないことですかね。曖昧にしておいた方がいいことだって、あるじゃないですか。何が正しくて何が正しくないとか、ぶっちゃけそんなのどっちでもよくないっすか。……とか言ったら、誰かに怒られそうだけど」

俺、間違ってますかね。そう言って笑うと、まきさんは少しの間を置いて、私は彼女さんがどんな人とか知らないけどさ、と口を開いた。

「それは多分、彼女さんの方が正しいよ」

きっぱりと、そう言い切った。なんだよ、結局明日花の味方かよ。がっくりと肩を落とした俺に、でも、と言う。

「正しい人とずっと一緒にいるって、キツいよね」

その言葉にどきりとしてまきさんを見返すと、「結構いない？　そういう人」と聞かれた。俺の答えを待たずに、まきさんが続ける。絶対間違えない人。自分の言うこと、やることに、いつも確信を持ってる人。

「しんどいよ。そういう人の正しさに、自分が少しずつ削られていっちゃうのって」

まきさんの言う「正しさ」が何を指しているのかはわからない。でも、まきさんは確かに、「削られて」いるのだろう。少しずつ、でも確実に。その結果があの日の、万引き未遂、なのかもしれない。

分かれ道に差し掛かり、まきさんは「私ここだから」と言って立ち止まった。先に行け、という意味らしい。

「送ってくれて、ありがとう。久しぶりに楽しかった」

それを聞いて、少しだけ名残惜《なごりお》しいような気分になったけど、相手は離婚調停中の人妻だ、ということを思い出して自分の気持ちにブレーキを掛ける。

「じゃあ、また。えーと、その、店で」

俺がそう言って歩き出した後も、まきさんは随分《ずいぶん》長い間そこから動かず、俺を見送っていた。気になって振り返るとまだ同じ場所にいて、思い出したように手を振ってくる。それを見ていたら途端にたまらなくなり、俺は重い体を引きずりながら、まるで何かに急《せ》き立てられているかのように、明け方の街を走り出した。

俺が明日花と付き合い始めたのは、高校二年生の時。だからもう、六年以上の月日をともに過ごしたことになる。地元から同じ大学に進学するのは、クラスでは俺と明日花だけだった。

と言っても、明日花は夏の時点で推薦入学が決まっていて、俺は一般入試組だった。高校生活をほとんど遊び惚《ほう》けて過ごしたせいで、受験勉強を始めた時は「ありおりはべり」すら覚束《おぼつか》なかった俺が、明日花のスパルタ指導のおかげもあってどうにか補欠合格に滑り込むことができた。

正直言って、明日花のヤマ当てに救われた、百回に一回のまぐれ当たりみたいなものだ。

根っからの優等生で何事にも真面目に取り組む明日花と、出たとこ勝負でザ・テキトー男の名をほしいままにしていた俺は、学校でも不似合いカップルとして有名だった。

だから、普段は恋人同士と言うより、姉と弟の関係に近かったかもしれない。何をするにも、こうするべきとか、こうであるべきとか、しっかり確信を持って行動する明日花が、俺の目にはいつも眩《まぶ》しく映った。

なんで俺みたいな奴と付き合ってくれたのか。一度、明日花に聞いてみたことがある。すると明日花は、うーん、と考え込んだ後、こう答えた。

『なんか、丁度《ちょうど》いいと思ったんだよね。私は私で、頭が硬すぎるとか言われるし。だから、何でも浩平と、足して二で割ったら丁度いいかなって』

大学に入ってしばらくは何事もなかった。学部こそ違ったものの、同じサークルに所属し、住んでいるアパートも近かった俺達は、ほとんど新婚カップルみたいな生活を謳歌《おうか》していた。

もちろん時には喧嘩をしたりもするが（俺の適当さと優柔不断さに明日花が業を煮やして一方的にキレる、というのがいつものパターンだった）、それ以外はおしどり夫婦よろしく、愛を育んでいる、つもりだった。

その関係に暗雲が立ち込め始めたのは、大学三年生の就職活動だった。明日花は元々マスコミ系の業界を志望しており、俺でも名前を知っているようななんとかという新聞社に入りたいんだと目を輝かせていた。けど、もちろん現実はそんなに甘くない。

明日花は第一志望の新聞社に落ちた。そして、第二志望にも、第三志望にも落ち続けた。明日花の志望先に、何番目まで番号が振られていたのかはわからない。就活どうなった、と聞いた時にはすでに、明日花の就職希望先は小売業界の販売職に変わっていた。

俺はと言えば、随分早い段階で食品関係の上場企業に内定をもらっていた。こう言ってはなんだけど、度胸試しの記念エントリーのつもりだった。なのにトントン拍子で選考は進み、最終面接を通過して、あっという間に内定までこぎつけてしまった。

散々悩んだ末、結局内定を辞退することにした。もちろん明日花にはもったいないと言われたし、自分でも惜しいことをしているな、という自覚はあった。けど、俺は俺なりに、自分の将来を考えての結論だった。

あの時最終面接にいたのは、是《ぜ》が非《ひ》でも内定をつかみ取りたい、と思っている奴らばかりだった。そんな中、俺はどうせ受かるはずがないと決め込んで、ウケ狙いの返答ばかりしていた（今から思うと、そういうところを気に入られたのかもしれないが）。

この会社に入ったらこんなことがしたい、自分にはこんなことができる。そんな風に将来の夢や自分自身を語る彼らは、正直格好良かった。俺にはこの会社に入ってしたいことも、自分にはこれができると胸を張って言えることもない。そう思ったら、なんだか急に自分が情けなくなった。

俺が本当にしたいことってなんだろう。その時初めて、真剣に考えた。ただ残念ながら、季節はすでに次の春を迎えようとしていた。結局俺はこれという進路を決められないまま、フリーターとして大学を卒業することになった。

一方で、明日花は卒業を間近に控えた二月の中頃、ようやく初めての内定を勝ち取ることに成功した。この辺りではよく知られた、大手スーパーの一般職だった。

入社すると同時に、明日花は自分のアパートを引き払い、社員寮に入った。けど、配属を言い渡された店舗が寮から遠かったということもあって、週の半分くらいは俺のアパートで寝泊まりしていた。

新社会人として、慣れない生活に苦労していたんだろうと思う。家に来ても疲れたとしか言わなくなったし、一緒にいても考え事をしている時間が増えた。なのに俺は、それを気に留めようともしなかった。

何せ、あの明日花だ。何をするにも計画的で準備や努力を怠《おこた》らず、どんな逆境だって自分の力で乗り越えてきた。その明日花が、こんなことでへこたれるはずがない。

その日、夜勤を終えてすぐさま眠りに就《つ》き、ようやく起きると、明日花が仕事から帰って来たところだった。これから夕飯を作るという。俺はベッドに横になったままゲームのコントローラーを握り、食事が出来上がるのをのんべんだらりと待っていた。

『あ、間違えた』

背中から、そんな声が聞こえた。部屋には醬油《しょうゆ》とみりんのいい匂いが漂《ただよ》っていて、何か問題が起こっているようには見えなかった。

『いいよ別に、適当で。あれだったら、なんか買ってくれば？』

自分では、フォローを入れたつもりだった。夕飯なんて出来合いでかまわないよ、と。一応は、仕事で疲れているだろう明日花を気遣《きづか》って。すると次に聞こえてきたのは、ドンガラガッシャン、とコントのたらいが落ちてくるみたいなけたたましい音だった。

『何、適当って』

びっくりして顔を上げると、明日花がお玉を握りしめたままこちらを見つめていた。エプロンのお腹のあたりが、醬油かケチャップの染みで茶色く汚れている。昔の明日花だったら、その都度染み抜きをしてきれいに洗濯していたはずだ。

『いや、だから。料理失敗しちゃったんなら別に、コンビニとかでもいいよって』

『せっかく作ってる最中に、そういうこと言う？』

条件反射で、ごめん、と口にした俺に、明日花は、『謝るのだけは得意だよね』と笑った。さすがに俺もカチンときて、何だよそれ、と言い返した。

『そんな暇あるんだったら、皿洗いのひとつでもしてくれればいいじゃん。ゲームばっかりやってないで』

『だから、ごめんって』

俺が口を開いたのと同時に、やりっぱなしになっていたシューティングゲームの最後の一機が墜落《ついらく》して、テレビからゲームオーバーの音楽が流れた。さすがに気まずい。

『……なあ、もうやめにしない？こういうの、キリないよ』

『なんで？　今、すごく大事な話をしてるんだけど』

『だからそういうの、もういいって。俺に悪いとこがあるんだったら、謝るから』

それを聞いた明日花が、謝って欲しいとか言ってないじゃん、と声を荒らげた。

『私だって、疲れて帰って来てこんな話したくないよ。それを浩平が』

あまりの剣幕にうんざりして、疲れてるのはお互い様じゃん、と呟くと、明日花が、そっちはバイトでしょ、と吐き捨てた。

『別に、バイトが悪いとは言わないよ。でも浩平のは、そこら辺のフリーターと一緒で目的なくふらふらしてるだけじゃん。自分のやりたいこと探す、とか言ってるけど、私にはやらなくちゃいけないことから逃げて、責任逃れしてるようにしか見えない』

それを聞いた瞬間、頭が真っ白になった。そんな風に思われていたのか。

確かに俺は、傍《はた》から見れば「そこら辺のフリーター」と変わらないのかもしれない。でも明日花の言う「そこら辺のフリーター」だって、やるべきことから逃げてるわけじゃないし、ましてや責任逃れなんてしていない。正社員がどれだけ偉いか知らないが、とんだ言いがかりだと思った。

『自分が就職に失敗したからって、当たるなよな』

言ってからはっとして、口を噤む。それが、明日花がいちばん言われたくない台詞《せりふ》だということはわかっていた。でも、言わずにはいられなかった。

どれだけ怒るだろう、と身構えていたら、明日花は思いのほか冷静だった。透き通った瞳で、こちらを見ている。少しして、ようやく口を開いたかと思うと、

『私達、やっぱり合わないね』

と言ってコートと鞄を引っつかみ、そのままアパートを飛び出して行った。あまりの出来事に呆然《ぼうぜん》として、声を掛けることもできなかった。のろのろと立ち上がり、何気なく覗き込んだ台所のシンクには、ひっくり返った片手鍋と作りかけの肉じゃがの具がプカプカ水に浮かんでいた。

「芦屋さん、レジ誤差です」

松家君に声を掛けられカウンターへと戻ると、確かにレジ金がズレていた。何度数え直しても同じだ。百円足りない。それを見ていた佐々木《ささき》さんが、顔を真っ青にして「どうしよう、私か

も」と呟いた。

佐々木さんは、最近夜勤に入った女の子だ。夜勤が実質ワンオペになっていることを心配して、オーナーが新たに人を雇ったらしい。苦学生とかで、少しでも時給の高い夜勤を選んだそうだけど、なにぶん新人ということもあって、まだ仕事がおぼつかない。

そうこうしているうちに、出勤前のサラリーマンが続々と入店して来て、レジを開けざるを得ない状況になってしまった。佐々木さんが、今にも泣き出しそうな顔でこちらを見ている。これはもう、仕方ない。

「あ、じゃあ俺足しとくわ」

そう言って、自分の財布から小銭を取り出した。

「だからさ、悪いんだけどオーナーには黙っといてくれる?」

百円玉をレジに忍ばせ、小声でそう告げると、松家君が「え、またっすか」と顔をしかめた。もちろんマニュアル上は、多かろうと少なかろうと上に報告する流れになっている。これは俺の前任者が教えてくれた、いざという時の裏技だった。

「ほんとごめん、今度なんかおごるから」

そう言って胸の前で両手を合わせてみたけど、松家君は納得がいかない様子だった。それ前も言ってましたけど、とぼやき、まだ何か言いたそうにしている。けど、客が並び始めたのを見て渋々了承したらしい。こちらどうぞ、とカウンターを開ける。その間に、しらっとバックヤードへ引っこんだ。

着替えていると、佐々木さんが、すみませんでした、と頭を下げに来た。ひどく恐縮している。

「いいよ、いいよ。ていうか、本当に佐々木さんなのかもわからないし」

「でも、私先週も」

佐々木さんの言う通り、同じようなことは先週にもあった。あの時は、防犯カメラにその様子が映っていて、あきらかにこの子がお釣りを返し忘れていた。とはいえ、俺はとやかく言えるような立場じゃないし、年下の女の子相手にどう怒っていいかもわからない。

「でもまあ、慣れないうちは仕方ないし。今度から気をつけてね」

そう言って話を切り上げようとすると、佐々木さんはほっとした顔で、そそくさと店を出て行った。

『こういうの、他の人だったらありえないですから』

帰り際、松家君から嫌味たらしくそんなことを言われた。何かとヘルプに駆り出されることが多く、朝、昼、夜とすべてのシフトを網羅《もうら》した松家君から言わせると、今まで一緒に働いた中では俺の仕事が一番適当——もとい、杜撰らしい。夜勤が一番楽なのに、とも言っていた。昼は常連のクレーマー客がいたり、来客数の波があったりで、目が回るくらい忙しいんだそうだ。

『芦屋さん、バイトのＬＩＮＥとかもあんまり返してくれないじゃないですか。一人で夜勤回してて、大変なのはわかりますけど』

ついでに駄目出しされたのは、店のグループラインのことだった。急な欠員が出た時のシフト調整は、いつもそこで行っている。バイトを始めた時に強制的に入らされたけど、夜勤ということもあって他のメンバーと関わる機会はなく、俺はほとんど幽霊と化している。

昨日も急な欠員が出た、とLINEが回ってきたけど、面倒で既読スルーしてしまった。確かその前も、掛け持ちのバイトが、とかなんとか嘘を吐いてヘルプを断っていたので、さすがにちょっと気まずい。

『もうちょっと、周りへの気遣いっていうか。せめて、ありがとう、とか、ごめん出られない、くらいはあってもいいんじゃないですか』

松家君の主張は、ぐうの音も出ない程の正論だった。ここで「そうは言ってもさ」なんて思ってしまう俺は、だからやっぱり「ありえない」んだろう。

もっと適当にやればいいのに。バイトにそこまで求められてないよ。

そんな言葉が出かかったものの、なんとか押し留《とど》めた。これじゃ、明日花の言っていた通りだ。たかがバイトと言われて怒ったくせに、都合が悪くなったら、どうせバイトだからと逃げるのか。

松家君だったら、あの人を通報するかどうかで悩んだりはしないんだろうな。

そんなことを考えながら店を出ると、駐車場から少し歩いたところにまきさんがいた。おーい、と手を振り、近づいて、どうも、と挨拶をすると、まきさんも小さく、うん、と頷いた。

まきさんとの交流は、あれからもずっと続いていた。と言っても、俺達の仲に何か進展があったわけじゃない。コンビニからの帰り道を一緒に歩いて、ただひたすらに取り止めのない会話をする。それだけの関係だ。

今日バイト先に変な客が来たとか、こんな失敗をしたとか。明日花がついに電話に出てくれなくなったとか、息子に会いたいとか。あるいは天気が悪くて洗濯物が乾かないとか、明日からはもっと寒くなるらしいとか。

一度、まきさんに聞いてみたことがある。俺と一緒にいるの怖くないんですか、と。それを聞いたまきさんはきょとんとした顔で、なんで、と首を傾げた。

『だって俺、いつ裏切るかわかりませんよ。あの日のこと、オーナーとか警察に言うかもしれないじゃないですか』

するとまきさんは、なんだそんなこと、と笑った。

『そしたら私も言ってやるから。芦屋君が、一度は私を見逃そうとしたこと』

私達、もう共犯者みたいなものなんだから。そう言うまきさんは、なんだかとても嬉《うれ》しそうな顔をしていた。

『道連れ、ってやつですか』

そう返すと、まきさんは、正解、と言って指を弾《はじ》いた。でも、いくら待ってみても気持ちのいい音は聞こえてこなくて、あれ、おかしいな、前はもっとできたのに、とできもしない指ぱっちんを繰り返すまきさんを見ていたら、今まで話していたこととか、心配していたことが全部どうでもよくなってしまった。

俺達はいつも通り、少しずつ白んでいく空の下を二人で歩いた。どちらともなく歩幅を合わせ、近づいたり離れたりを繰り返しながら。道中、俺は松家君への文句やら、明日花への未練をまきさんに語った。

明日花が俺のアパートを飛び出して三日後、ようやく返って来たLINEのメッセージには、こう書かれていた。

『この前は、感情的になり過ぎました。台所、汚しちゃってごめんなさい。火とか、大丈夫だったかな。ただ、私の結論は変わりません。私達、もう無理だと思う。別れましょう』

何が原因でとも、誰が悪いとも書かれていなかった。この期に及んでうちの台所の心配をしている明日花の律儀さはいじらしくもあったけど、あまりに優等生過ぎて鼻白《はなじろ》むような気持ちにもなった。そんな風に思ってしまう自分が「正しくない」ことくらい、わかってる。

それから何度も、電話をしたり社員寮を訪ねたり、LINEを送ったりした。言い過ぎた。本当にごめん。やり直したい。もう一度だけ、チャンスを貰《もら》えないかな。でも、明日花の答えは一緒だった。

「マジ、やってられないっすよ。この前家に帰ったら、明日花の私物、全部なくなってて。合鍵だけ、テーブルの上に置かれてたんです。俺が出かけてる間に、黙って片づけて行ったんですよ。せめて一言あってもよくないすか?」

「俺、わかんなくなるんすよ。明日花に言われると。俺がやってることって、大学生が言ってる自分探しとかと変わらないのかなって。明日花の言う通り、やらなきゃならないことから逃げて、責任逃れしてるだけなのかなって」

「松家君って、ちょっと明日花に似てるんです。いやもちろん、性別も顔も違うんですけど。なんか、言ってることとかやってることとか。だから一緒にいて、息が詰まるっていうか……」

ここまでは、いつもと変わらない夜勤明けの風景だった。

「何かありました？」

俺の言葉に、え、と顔を上げたまきさんが、しばらくの間、怯えたようにこちらを見つめていた。

ずっと、ぼーっとしてるから。勘違いかもしれないですけど。慌ててそう付け加えたものの、まきさんはそれを否定しようとはしなかった。頭を振って何か言いよどみ、止《や》めてはまた何か言いかける、を何度か繰り返した後、ようやく覚悟が決まったみたいに、それを口にした。

「昨日ね、久しぶりに大地《だいち》と会ったんだ」

初めて耳にしたその名前が、まきさんの息子さんのものだと気づくのにそう時間はかからなかった。それより何より、あれだけ息子さんに会いたがっていたまきさんが、ちっとも嬉しそうじゃないのが気に掛かった。

大地、大きくなってた。言葉も、前より全然喋れるようになってて。スプーンの持ち方も、上手になってた。後ね、洋服のボタンを自分で留められるようになってたの。ママ、僕これできる、って言って、見せてくれて。私もう、びっくりしちゃって。

昨日の記憶を呼び起こしているのだろう。次第に口調が熱を帯びていく。まきさんは宙の一点を見つめたまま、身振り手振りでそれを語った。今もまだ目の前に、「大地君」が存在しているかのように。

ひとしきり喋ったかと思うと、糸が切れたかのように急に黙り込んだ。その隙《すき》を縫《ぬ》って、よかったじゃないですか、と声を掛ける。なんていうことのない、相槌のつもりで。けどまきさんは、即座にそれを否定した。違うの。

「またね、って言ったの」

奈落《ならく》の底に突き落とされたような声だった。え、と聞き返すと、まきさんはもう一度、「またねって、大地が言ったの」と繰り返した。

「面会の時間が終わって、私が帰る時。ママ、またねって」

意味がわからず黙っていると、まきさんがしびれを切らしたように、「おかしいと思わない？」とこちらを向いた。

「おかしいよ、実の母親にまたね、なんて。そんなのおかしい。またねって、さようならする人に使う言葉でしょう。バイバイ、またね、って。母親にそんなこと言う子供、いないよ。どこ探したっていない。そんな親子、間違ってる」

途中からは、ほとんど悲鳴を上げるみたいな言い方になった。

「ねえ、芦屋君。芦屋君は、どう思う？ 私やっぱり、間違ってるのかな。旦那にも言われるの。お前、ちょっとおかしいって。普通じゃないって。だからちょっとでも、普通になれますようにって、私なりに頑張ってるんだよ。頑張ってはいるの。でも」

そんなことないですよ、とか。まきさん、全然普通ですよ、とか。言いたいことはたくさんあったはずなのに、何ひとつ言葉にできなかった。

「私あの時、万引きなんてしたくなかったの」

ぽつりと、そう呟いた。芦屋君ならわかってくれるよね。そう言って、縋《すが》るような目つきで俺を見つめる。俺には、それを受け止めることだけで精一杯だった。それからしばらく膠着《こうちゃく》状態が続いていたものの、まきさんはある瞬間を境に、諦めたように俺から目を逸らした。

「おかしい私と、私をおかしくさせた人達と、どっちが正しいんだろうね」

やっぱりそれにも、答えることはできなかった。

いつもの分かれ道で、まきさんは、じゃあここで、と立ち止まった。そして、言うか言うまいか迷ったのだろう、短い沈黙を挟んで、ありがとね、とそう言った。

「ありがとう、芦屋君。あの時私を見逃してくれて」

何か言わなくちゃならない。そう思ったのに、声が出ない。何でもいい。何だっていい。いつもみたいに、適当でいいはずなのに。

「またね」

普段俺から言っていたはずの別れの言葉を、まきさんはその日、自分から口にした。去り際、まきさんはいつもより大きく、こちらに向かって手を振っていた。例の華奢《きゃしゃ》な手首が、風に吹かれた葦《あし》のようにゆらゆらと揺れながら、俺にさよならを告げていた。

そしてそれきり、まきさんが店に姿を現すことはなかった。離婚調停とやらが終わったのかもしれないし、何か事情があって、夜勤のパートを辞めてしまったのかもしれない。でも、本当のところは誰にもわからなかった。

　確かなのは、それがまきさんと二人きりで過ごした最後の朝になった、ということだ。


　その日は、随分早めに家を出た。

　アパートを出た時は肩を濡らしていたはずの雨が、店に着く頃にはすっかり上がっていた。空の向こうには、微かに晴れ間が覗いている。日がまだ出ている時間にこのコンビニに顔を出すのは面接の時以来で、少し面映《おもは》ゆいような気持ちになった。

　昨日、夜勤を終えて家に帰ると、二件ＬＩＮＥが入っていることに気づいた。その内の一件は店のグループラインで、内容はインフルエンザで倒れたアルバイトの代わりに、明日昼番に入れる人はいないか、という依頼だった。

　もう一件の内容を確認してから、意を決してスマホに文字を打ち始めた。

「俺、入れます」

　たかがそれだけの文章を送る途中で、何度か文字を打ち間違えた。少し、緊張していたのかもしれない。別に、松家君に言われたから、ってわけじゃない。改心したとか、仕事への姿勢を考え直した、ってことでもない気がする。

　俺はただその時、無性に正しいことがしたかった。人に胸を張って言えるような、そんな何かが欲しい。そう思った。それが、「アルバイトのシフト調整」なんていう、人から見れば取るに足らない小さなことでも。

メッセージを送ってしばらくは、何のリアクションもなかった。俺がグループラインで何かを発言するのはほとんど初めてのことだったので、みんな反応に困っているのかもしれないな、と思った。

ピコン、と音がして、誰かから返信が来た。画面を覗き込むと、通知の相手は松家君だった。先日のレジでのやり取りを思い出し、一瞬開くのを躊躇《ちゅうちょ》する。あの出来事があってから、元々少なかった松家君との会話は、ますます減ってしまっていた。

通知をタップすると、そこに現れたのは、最近巷《ちまた》で流行《はや》っているらしいアニメのキャラクターが、こちらに向かってひれ伏しているスタンプだった。キャラクターの口からは、吹き出しが飛び出している。

「救世主降臨！」

その後に、「ありがとうございます、助かります」のメッセージも届いた。それを皮切りに、他の子達からも同じようなスタンプやメッセージが送られて来た。

「レア過ぎでしょ」

「ありがとうございます」

「めっちゃ助かります。ありがたい！」

画面にずらりと現れたメッセージの多さに慄《おのの》きつつ、決死の思いで打ち込んだはずの文章がスタンプで流されてしまったことに拍子抜けしている自分がいた。つまらないような、ほっとしたような。それから少し考えて、松家君にも個別にメッセージを送った。

「この前、ごめん」

あえて何のことで、とは書かなかった。でも、松家君には伝わったらしい。すぐに、「俺こそ、生意気なこと言ってすみませんでした」と返信が来た。続けて、「芦屋さんが嫌いとかじゃないです」とも。

「ただ、あれだと佐々木さんのためにもならないと思ったので」

その文面から、おどおどとこちらの顔色を窺ってばかりいた、佐々木さんの顔が浮かんだ。

佐々木さんは、あれからすぐにバイトを辞めてしまった。無断欠勤するような子には見えなかったけど、研修の一環として昼のシフトに入った時にミスを指摘されて泣き出してしまい、それっきり、だったらしい。もし俺が、きちんと叱ったり教えていたりすれば、彼女も急にバイトを辞めたりしなかったのだろうか。

店のフロアでは、初めて会う大学生らしき男の子が一人、レジに立っていた。その奥には、ドアの隙間からバックヤードの様子を窺う松家君の後ろ姿も見える。よし、と深呼吸を挟んで自動ドアをくぐり抜けた。

「こんちは。ヘルプの芦屋です」

中に入った瞬間、いつもと雰囲気が違うことに気づく。息を吞んで何かを見守っているような、張りつめたような空気。この時間帯にしては、客もいない。唯一雑誌コーナーをうろついていた老人が、しきりに店の奥を気にしている。

「あ、芦屋さん」

気づいてくれたのは、松家くんだった。何かあった、と聞く前に、松家君が小声で、今バックヤード入んない方がいいかもしんないす、と耳打ちしてきた。

「万引き騒ぎがあったんです」

万引き、とオウム返しした俺に向かって、松家君が珍しく興奮した様子で喋り始めた。

「前言ったじゃないですか、昼に来るクレームおばさん。最近ずっと見張ってたんですよ。そしたらさっき、オーナーが現行犯で捕まえて。怪しいと思ってたんだよな。あ、てか、芦屋さんも知ってる人かもしんないす。あの人朝も」

そこまで聞いて、バックヤードへと走り出した。まずいっすよ、と慌てた様子の松家君を振り切って、ドアの小窓から中を覗き込む。備え付けの机を挟んで座っているのは、厳しい顔をしたオーナーと、その向かいに腰かけた見知らぬ男性の後ろ姿、そしてその男性の隣にいるのは、見慣れたペラペラのトレンチコートだった。

「……だからね、こちらとしても困ってるわけですよ」

ドアの隙間から、微かにオーナーの声が聞こえてくる。

「奥さんに、反省の色が見えないというか。これが初めてじゃないんでしょう？　もうさすがに、見逃すってわけにはいきませんから」

それに答えているのは、男性の方だけだった。トレンチコートの後ろ姿は、がくりと肩を落としたまま、顔を上げようともしない。

「ええ、ええ、ですから。本当にね、こいつはちょっとおかしいんです。ものも知らないし、嘘ばっかり吐くし。医者からも、匙《さじ》投げられてるくらいで」

「子供だってまともに育てられないような奴なんです。口だけは愛してるなんて言って、やってることが全然違うんだから」

「この前だって、勝手に会いに来たんですよ、息子に。信じられます？　こっちは、母親を忘れさせようって必死なのに」

「何回も何回も、約束してるんです。今度こそ本当だなって。神に誓って言えるんだなって。それを信じて、毎回これですから」

途切れ途切れ聞こえてくる会話に、少しずつ逃げ道を塞《ふさ》がれているような気持ちになった。あの人は今、どんな顔をしてこれを聞いているんだろう。

「……なんか、結構やばい人だったんですね」

隣で一緒に会話を聞いていた松家君が、呆れたような声で呟いた。

「あの人、何盗ったと思います？　眠気覚ましのタブレット一個ですよ。なんか、割に合わないですよね。あんなの、盗ってまで欲しいもんですかねえ」

でもね、と勢い込むように続ける。

「本当に凄いんですよ、あの人。クレームの内容、ほとんど難癖《なんくせ》ですもん。ホットスナックが干《ひ》からびてるとか、レシートを勝手に捨てられたとか。なんか、そん時の顔が常軌《じょうき》を逸《いっ》してて」

頭おかしい、と松家君が言いかけたその時、ガタン、とパイプ椅子が引きずられる音がして、その人が立ち上がった。

「何がおかしいの？」

松家君が、びくりと体を強張らせた。店長と旦那さんに向かって、そして俺達聴衆に向かって、高らかに宣言するような声だった。

「何がおかしいの。ねえ、何が。教えてよ。私、わからないの。ずっとずっと、わからなくて。きっとこれからも、わからないままで。だから、教えて欲しいって。ずっとそう言ってきたじゃない。私のどこがそんなにおかしくて、何が間違っているのか」

その人は言った。滔々《とうとう》と、訴え続けた。それを聞いていたもう一人のアルバイトの男の子が、わあ、と悲鳴に似た声を上げた。

「ああいう人って、自分がそうだって気づいてないんですね」

松家君が気を取り直したかのように、まあねえ、と呟く。

「でもあんなの、序《じょ》の口《くち》だよ。クレーマーなんてみんなそうだもん」

「え、マジっすか」

「そうそう。みんな、自分は正しいって思ってるんだから」

そんなもんですよね、と松家君に同意を求められたけど、俺はそれに頷くことはできなかった。あの人は違う。

あの人は、本当にわからないんだ。何が正しくて、何が間違っているのか。俺だってそうだ。自分が正しいなんて言えない。でも、間違っているとも思えない。

でもだからこそ、足を踏み外したかったんじゃないかと思う。目の前にうすぼんやりと広がる境界線を、覚束ない足取りで行ったり来たりするくらいなら、いっそのこと思いきり踏み越えて、それを誰かに裁《さば》いて欲しかったんじゃないだろうか。徹底的に、踏みにじられてみたかったんじゃないだろうか。

ありがとう、芦屋君。あの時私を見逃してくれて。

だってあの時、ありがとうと言われているはずなのに、責められているような気がした。俺を見るその瞳が、眼差《まなざ》しが、その表情が。どうしてあの時、私を通報してくれなかったの、警察に突き出してくれなかったの、と。

それから少しして、その人と男性は裏口から姿を消した。どういう話し合いが持たれたのかは、わからない。けど、男性に連れられ、店を去っていくその人の後ろ姿を見ていたら、もう二度と会うことはないんだろうな、という気がした。今度こそ、本当に。

諸々《もろもろ》の手続きを終え、げっそりした顔のオーナーが俺を見つけて、「芦屋君、今日は本当にありがとう。入ってくれて助かったよ」とげっそりした顔のまま、笑った。

雨が上がっていることに気づいたオーナーが、松家君と俺に、外の雨具を中に入れるよう指示を出した。慌てて制服に着替え、タイムカードを切って外に出る。

自動ドアをくぐると、秋から冬に変わろうとしている冷たい空気がさっと頬を撫でた。天を見上げると、透き通るような青い空にさらさらと筆で模様を描いたような、馴染《なじ》みのある雲が広がっていた。

「サバ雲だ」

そう呟くと、松家君が、「あ、その言い方懐《なつ》かしい」と言って笑った。

「知ってるんだ」

驚いて振り返ると、当たり前ですよ、と松家君が頷いた。

「あれって、色々言い方ありますよね。サバ雲、イワシ雲、鱗雲。小学生の時喧嘩になったなあ。なんて呼ぶかで」

松家君が、よっせと傘振り機を持ち上げた。

「好きなように呼べばいいのにね。どれも間違っちゃいないんだから」

松家君がそう言って、傘振り機を抱えたままよたよたと歩き出す。松家君の言う通りだな、と思った。あのとき、俺もそんなふうに言ってあげられたらよかった。あの人に対して。

『前に言ったこと、撤回はしません』

ふと、昨日俺の元に届いたもう一通のメッセージのことを思い出した。多分、最初で最後の明日花からのメッセージ。まだ、返信はできていない。明日花からのＬＩＮＥには、こんなことが書いてあった。

『けど、浩平の言うことも当たってた。私はずっと、なんでも適当に見える浩平がうらやましかった。嫉妬《しっと》してたんだと思う。自分でしなくちゃならないことを決めつけて、なのになんであんたは、って勝手に浩平に腹を立ててた』

『そういうの、全部八つ当たりだった。私が自分で決めたこと、浩平にはなんの関係もないのにね。本当にごめんなさい』

『でも、私はもう少しだけ、この会社で頑張ってみようと思う。私が決めたことだから。だから浩平も、自分の決めたことを最後まで頑張ってみてください。浩平の夢が見つかるよう、陰ながら祈っています』

『追伸。もし鍋を駄目にしちゃってたら、お金は払うので連絡ください』

最後の最後で、ずっこけた。まだ鍋のこと気にしてんのかよ。ああ、明日花ってこういう奴だった、とそれを思い出したらなんだか笑えて、明日花の正しさに削られていたのは、俺じゃなくて明日花自身だったのかもしれない、と思った。

あ、やばい、という声に顔を上げると、お客が数人、レジに並び始めていた。

「芦屋さん、多分今日混みますよ」

松家君がなぜか、うきうきとした声で不吉なことを言う。

店に入る直前、庇《ひさし》の下からもう一度だけ空を見上げると、頭上に点々と広がるサバ雲が、すっかり橙色《だいだい》に染まっていた。よいしょ、と丸めた雨用マットを担《かつ》ぎ直す。ガラス窓の向こうで、てんてこ舞いになっているレジの男の子が目に入った。

よし、と一歩踏み出すと自動ドアが開いて、例の間抜けなチャイムが、いらっしゃいませ、と俺を出迎えた。

君に言えなかったこと

久しぶりに降りた地元駅は、改装が進み、随分小綺麗《ずいぶんこぎれい》になっていた。

全国チェーンのコーヒーショップや整体院、売店といった最近できたばかりのテナントを横目に、出入口のドアをくぐってロータリーへ向かう。外に出てすぐ、まだ冷たさの残る三月の風がうなじをさらった。思わず肩を縮める。

次の瞬間、プッ、と短いクラクションが辺りに響いた。

振り向くと、そこに停まっていたのは直線的なデザインが印象的な、やけに平べったい車だった。くすんだモスグリーンの外装が、西日を受けて鈍《にぶ》く光る。フロントの両端に二つずつ並んだ丸いヘッドライトが、その人の代わりにこちらを見つめていた。

半分だけ開いた窓の向こうに、その人がなんとも落ち着かない顔つきでハンドルを握りしめているのが見えた。私に向かって手を振っていいものか図りかねているような、曰《いわ》く言い難《がた》い表情だった。

「お久しぶりです」

車に近付き頭を下げると、うん、と答えて目線を車内へ泳がせる。乗れ、という意味らしい。

頷《うなず》いたものの、助手席に座るべきか、後部座席に座るべきかで躊躇《ちゅうちょ》する。するとその人が、「前は散らかってるから」と言って後ろを振り向いた。

その人の言う通り、助手席の椅子《いす》はもので溢《あふ》れ返っていた。図書館で借りてきたらしい本や丸められた洋服、ゴミ箱代わりのコンビニ袋。足元には、ご丁寧に工具箱まで置かれている。確かに、人が座れるような状況ではなかった。

散らかっている、というよりは、わざと散らかしている、ように見えた。否《いや》が応にも、かつてここに座っていたであろう女性《ひと》の顔が浮かんだ。ドアを開いて中に入ると、ボディコロンのような芳香剤のような、作り物めいたミントのかおりがふわりと鼻をくすぐった。

「よく、こっちには来てるの」

車が走り出してすぐのことだ。沈黙が気になったのか、普段お喋《しゃべ》りではないはずのその人が、自ら口を開いた。

迷った末、あんまり、と答える。最寄り駅からこの街までは電車で二時間弱かかる。車でならもう少し早く着けるけど、私は大学時代に免許を取得して以来、まともにハンドルを握ったことがない。

「これからは、もっと帰って来てあげた方がいい」

他意はなかったのかもしれない。なのにどうしてか、言外に責められているような気がした。思わず言い返してしまう。

「もちろん、前はもっと。盆暮れは一緒に過ごしてましたし、時々、教室の方の手伝いを頼まれたりもしていたので」

無意識に、言い訳がましい口調になった。車内の空気を察してか、バックミラーの中に映った唇が、一瞬開きかけてまた閉じる。不自然な間《まあ》が空いて、

「お母さんも、喜ぶと思うから」

そんな言葉が返ってきた。

喜ぶも何も。そう言いかけて、結局やめた。反論したところでなんの意味もない。それを間違いだ、と証明する人は、もうこの世にいないのだから。

「引っ越し」

顔を上げると、運転席の背もたれ越しにその人の後頭部が目に入った。出会った頃よりもぺったりとした薄いつむじまわりに、白髪が何本か見え隠れしている。

「引っ越しをするって言ってなかったっけ。この前、電話か何かで」

そうだ、と思い出し、小さく舌打ちをする。話題がなかったとはいえ、軽々しく口にするんじゃなかった。過去の自分が恨《うら》めしい。

もう落ち着いたの、と聞かれて一瞬迷ったものの、正直に、一旦白紙になって、と答えた。相続関係の書類のやり取りのことを考えると、隠したところで、住所が変わっていないことはすぐに気づかれてしまうだろう。

事情を聞かれるかと身構《みがま》えていたけど、それ以上話題が掘り下げられることはなかった。ほっとして、窓の外へと視線を移す。上着を忘れて家を出てきてしまったのか、両腕をさすりながら

小走りで歩道を駆《か》けて行く人々が目に入った。

「休みは平日だっけ」

大学卒業と同時に就職を決めた老舗《しにせ》の菓子メーカーは、是《ぜ》が非《ひ》でも受かりたい就職先、というわけではなかった。それでも入ったからには、と働き続けて、今年で十年目になる。それを知っていてか、浮田《うきた》さんは「僕があの家にいるのは、大抵週末だから」と続けた。

「言ってくれれば、行き帰りの車は出すし。もちろんそれ以外の時間は、席を外すから」

私を安心させるかのような口調に、子供扱いされているようで腹が立った。

「お気遣《きづか》いいただかなくても大丈夫です。一応、そちらの家でもあるわけだし」

口に出してすぐ、棘《とげ》のある言い方になってしまったことを後悔した。俯《うつむ》いてシャツの裾《すそ》をぎゅっと摑《つか》む。これじゃあ、それこそ聞き分けの悪い子供みたいだ。

「……今日は大丈夫だったんですか」

さりげなく話題を変えると、その人は特に気を悪くしたような様子も見せず、ああ、と頷いた。

「今は仕事も落ち着いているし。大学の方も、春休みだから」

そうですか、と答えたものの、何度聞いても物書きという人種が普段どういう生活を送っているのかは、よくわからなかった。

本屋でたまたま見かけたその本は、私がこれまで一度も立ち寄ることのなかった、そしてこれからも二度と立ち寄ることはないだろう、「民俗学」と「社会学」の棚の隙間《すきま》に一冊だけ置かれていた。パラパラとめくってはみたものの、内容は頭に入ってこず、そっと元の場所に戻したことを覚えている。

最初に会った時も、自分が書いた本や普段の研究についてはそっちのけで、実は大学で教員を務めていてとか、知人の伝手《つて》で学校経営の手伝いをしていてとか、そんなことばかり話していた気がする。今思うと、この人はこの人なりに自分の素性《すじよう》を明らかにしたかったのかもしれない。

それからいくつか、ぽつりぽつりと会話を交わした。体調はどう、とか、寒くなかったか、とか。

「びっくりしました、急に気温が下がっちゃって。昨日は夏かと思うくらいの陽気だったのに」

「こっちも同じだ」

そういえば、と口に出してから、そのまま言ってしまうか少し迷った。何だい、と促《うなが》されて仕方なく、少し思い出して、と呟《つぶや》いた。

「……あの日も、すごく暑かったなって。九月もほとんど終わってたのに」

確かあの日は、慣れない喪服に袖《そで》を通し、汗だくで一日を過ごした。坊さんもてんやわんやだな。暑い日が続いているからねえ。似たような会話が何度か行きかうのを耳にしたけど、会話自体に何か意味があるようには思えなかった。

相手もその時のことを思い出したのか、それきり会話は途絶《とだ》えてしまった。手持ち無沙汰《ぶさた》になり、窓を開けていいかと聞いてみる。すぐに、どうぞ、と返事があった。窓のレバーは、最近では珍しい手動式だった。

窓の隙間から車内へと吹き込んだ風は、駅から外に出た時よりも随分冷たい気がした。車は市街地を抜けて、バイパス沿いの道を進んでいる。景色の向こうに、ファミレスやドラッグストア、パチンコ屋やホームセンターが次々姿を現しては、目の前を過ぎ去っていった。

「一彦《かずひこ》さんは」

その人の名前を口にしてすぐ、違和感を覚えた。少ししてから、母がかつてこの人をそう呼んでいたからだ、ということに気づく。一彦さん。美咲《みさき》さん。初めて顔合わせをした時から、この人達はそんな風にお互いを呼び合っていた。

『母を名前で呼ぶの、やめてもらえますか』

だから、葬儀を終えて客人の気配が消え、初めて二人きりになった時、まずいちばんにそれを頼んだ。そして、言ってから気づいた。私はずっと、これを言いたかったのだと。母がいなくなった後もずっと、この人がまるで恋人のようにその名前を呼ぶことが嫌だった。

この人はそれを聞いて、しばらくの間黙りこくっていた。次に口を開いた時には、理由を聞くことも、反論することもなかった。ただ、わかった、と頷いただけ。そしてそれきり、私の前で母を「美咲さん」と呼ぶことはなくなった。

「何か言った？」

え、と顔を上げる。バックミラー越しに、こちらを見つめる一重瞼《ひとえまぶた》の瞳が私をとらえた。

「風で、声がよく聞こえなかった」

おじさんは耳が悪くて困るね。自虐《じぎゃく》めいた物言いに、どう返すのが正解なのかはわからなかった。レバーを逆回ししたところで信号が赤に変わり、車がブレーキを踏んだ。

「その、わからなくて。なんて呼んだらいいか」

今更お義父《とう》さんっていうのも、変ですよね。冗談交じりに、というよりは、なるだけ冗談に聞こえるように、声を作った。その人はそれには答えず、考え込むようにハンドルをとんとんと指で叩《たた》いた後、

「浮田でいいよ」

と言った。友人はみんな、そう呼んでる。友人という言葉は、今の私達にはまるでそぐわないような気がしたけど、確かにそれ以外呼びようがない。一呼吸置いてから、浮田さん、と呟いてみた。

「はい、浮田ですけど」

運転席から、予想外におどけた声が返ってきた。思わず笑ってしまう。これ、なんの練習ですか。そう聞いてみると、浮田さんは、さあ、ととぼけた風に首を傾《かし》げた。それも、なんだか可笑《おか》しい。

「私は、何て呼んでもらっても構わないです」

あかりでも、あなたでも、君でも。笑いが収まったのと同時に、そう告げた。少しの間を置いてから、わかった、と返事がきた。あの日、私が母の名前を呼ばないで、とそう頼んだ時みたいに。

いつのまにか、信号は青に変わっていた。窓の外の風景が流れ始めると、今までのくだけた雰

囲気が嘘だったかのように、車内が沈黙に包まれた。それでも、車に乗り込んだばかりの頃と比べると、少しだけ空気がやわらかくなったような気がする。

初めてこの人とまともに話すことができた。母が亡くなってから。いや、私達が出会ってから、初めて。最初から、こうしていればよかったのかもしれない。誰の子供とか誰の婚約者、とかではなく。

いや、そんなの無理に決まってる、と頭に浮かんだ考えを打ち消す。私達の関係は、母なしでは始まりようもなかった。私は母の娘として。浮田さんは、母の再婚相手として。

こうして二人きりになってみると、どうしたって母の存在を突き付けられる。あるいは、母の不在を思い知らされてしまう。母がいる時には意識していなかったはずの暗黙の了解を、こうして確かめ合うくらいには。

浮田さん。一彦さん。お義父さん。母の恋人。再婚相手。新しいパートナー。

本当はどれも、しっくりきていない。私達は、他人だ。あの時も、そして今も。浮田さんは妻を失い、私は母を失った。愛すべき人間を失った、という点で私達は繋《つな》がっていた。裏を返すなら、その点を除けばまったくの他人だった。

ある日突然、自分の人生に姿を現したこの人を、一体なんと呼べばいいのか。私はいまだに、その答えを見つけられずにいる。母がこの世を去った今も、なお。

母が亡くなったのは、昨年の九月のことだ。奇《く》しくもその日は、母の誕生日だった。浮田さんが計画したという小旅行の最中に宿泊先のホテルで倒れ、そのまま帰らぬ人となった。死因は脳《のう》梗塞《こうそく》だった。

ちなみに、長年ピアノ教室を経営していた母の口癖は、『ピアノは脳にいいのよ』だった。『運指トレーニングはボケ防止にもなるし、脳の血流だってよくなるんだから』

信憑性《しんぴょうせい》はさておいて、それは教室を見学しにきた人々に披露《ひろう》されるお決まりのセールストークであり、母にとってのピアノの美点のひとつだった。けど、その説が必ずしも正しくないらしいことが、皮肉にも母自身の死をもって証明されてしまった。

私が病院に着いた時、母はすでに亡くなっていた。私を待ち構えていたのは、憔悴《しょうすい》しきった浮田さんの姿だった。浮田さんは私を見つけるや否《いな》や、すっくと立ち上がり、そのまま土下座でもせんばかりの勢いで腰を折った。

『すまない。こんなことになってしまって』

浮田さんは、私に向かって何度も頭を下げた。今まで病気らしい病気をしたこともなく、あれだけ元気だった母がこんな最期を迎えるなんて、誰にも予期できなかったことだ。当たり前だけど、浮田さんに責任があるとも思えない。

『美咲さん』

少し落ち着くと、浮田さんは母に向かってそう呼びかけた。当然返事はなく、浮田さんはそのまま、手を伸ばして母のおでこをそっと撫《な》でた。まるで自分の子供に触れるみたいな、慈《いつく》しみに満ちた触り方だった。

『死んでしまったなあ』

浮田さんはぽつり、そう呟いた。その言葉に、浮田さんが添えた手と、その下の母の顔を見遣《みや》った。

母は確かに、死んでいた。すでに死に化粧を施《ほどこ》された母の顔は色を失い、生きている時の寝顔と比べると、不自然に表情が強張《こわば》っていた。

不思議と、悲しい、という感情は湧いてこなかった。それよりも、母の顔が何かに似ているような気がして、そればかり気になった。母を荼毘《だび》に付してしばらく経ってから、その「何か」の正体が、子供の頃遊園地のお化け屋敷で目にした蠟《ろう》人形であるということに気づいた。


四十九日以来、初めて敷居を跨《また》いだ実家は、思ったよりも整理整頓されていた。それだけ、浮田さんが定期的に出入りしてくれているということなのだろう。さすがに母が暮らしていた時の生活感のようなものは消えていたけど、埃臭《ほこりくさ》くもなければ、カビた臭いもしない。

「じゃあ、始めようか」

そう言って、浮田さんがその一室のドアノブを捻《ひね》った。階段を上って、いちばん奥の部屋だ。ドアを開いてすぐの光景にまず感じたのは、懐《なつ》かしさだった。

「やっぱり、大きいな」

部屋の中央に、でんと腰を据えたヤマハ製のグランドピアノを見て、浮田さんがそう呟いた。

確かに、いつ見ても存在感がある。というか、なんなら圧迫感すらある。全部で八畳程のこの部屋は、グランドピアノを置くにはあまりに狭《せま》すぎる。それを見ていたら、子供の頃ドアの隙間から覗《のぞ》き見ていた母の後ろ姿を思い出した。

毎日の基礎練習は、母のルーチンワークだった。時に激しく、時にやさしく鍵盤《けんばん》を叩くその姿は、母がまるで別の生き物になってしまったようで、いつも少しだけ怖かった。

ピアノに一歩近づいて、ベロア生地のカバーをめくる。このカバーは、母が選んだものだ。母は好き嫌いがはっきりしていて、自分の洋服や身の回りのものはもちろん、家具や調度品も、すべて自分で選んでいた。特にこの部屋は、端から端まで母にとっての「一生もの」で揃えられている。

ピアノに手を添えると、思った以上にひんやりしていた。思い切ってピアノの屋根を持ち上げ、中を覗いてみる。ハンマーや弦の隙間には、埃どころか糸までぶら下がっていた。母がこれを見たら、ヒステリーを起こすに違いない。

音を立てないよう慎重に屋根を戻して顔を上げると、浮田さんがなんとも言えない表情でこちらを見つめていた。部屋を見回すふりをして、わざと大きく顔を背《そむ》けた。

ここは元々、十代の頃の母の部屋だった。一人娘のために防音室に作り替えたというこの場所を、祖父母は母が音大への進学を機に家を出てからも、そのままにしていたらしい。部屋に残された本棚やクローゼットには、自室として使われていた頃の名残《なごり》がある。

昔はここに布団を敷いていたのだというのだから、恐れ入る。文字通り、寝ても覚めてもピアノ漬けの日々を送っていたのだろう。習い事のひとつとしてピアノを始めた母は、その才能を見出され、天才少女よろしくプロを目指してひた走っていた。

けれど父と出会ってからというもの、母は今まで人生を捧《ささ》げていたはずのピアノをあっさり放り出した。それからすぐに私が生まれ、家族三人でこの家へと舞い戻った。その後しばらくは、順風満帆な結婚生活を送っていたらしい。

両親が離婚し、母が私を引き取ってピアノ教室を開くとなってから、家は大きく改装された。当然母の寝室も別に作られたのだけど、それからもしばらく、ここは母個人の練習部屋として使われていた。

ピアノは元々、この家に三台あった。そのうちの二台は、母が亡くなって早々に生徒達に受け渡し、最後に残ったのがこの一台だ。これは母が若い頃、師と仰《あお》いでいた人から譲《ゆず》り受けたものだ。母が自分の持ち物の中で、一等大切にしていたものでもある。

これだけ、まだ行き先は決まっていないらしい。

らしい、というのは、これらがすべて浮田さんからの伝聞だからだ。私は母が死んでからのあれこれ、葬儀の段取りや相続に関わる諸々《もろもろ》、そしてピアノの行き先なんかを、すべて浮田さんに一任していた。

浮田さんがそれを申し出たわけではない。私から、頼んだ。私や母に親族でもいれば、何か吹き込まれたりもしたのだろうけど、祖父母が亡くなってからというもの、彼らとは疎遠になっている。父にしても、すでに別の家庭を持っていて葬儀で顔を合わしたきりだ。

『本当にいいんだね』

一度だけ、そう尋ねられた。確か、一台目のピアノの譲り先が決まった時のことだ。母のピアノを人に譲ってしまっていいのか、という意味だけでなく、これからの一切を自分に任せていいのか、という念押しの確認だった。私は迷うことなく、はい、と頷いた。

私はその時、少しでも早く母の死から逃れたかった。母が死んでからというもの、私の心はずっと母に縛られていて、その鎖《くさり》は日を追うごとに重さを増しているような気がした。母の持ち物を、母の魂が宿るものすべてを、私からずっと離れた場所に連れ去って欲しかった。

浮田さんも浮田さんで、私の頼みを怪しむような素振《そぶ》りは見せず、たった一言、「わかった」で応じてくれた。おかしな話だけど、そういった面で私はこの人のことを信用していたし、浮田さんもそれを当然のことのように受け入れてくれていた。

それから今まで、必要に応じて書類のやり取りを重ねたりはしていたけど、最低限メールや手紙を送り合う以外に、直接顔を合わせることはなかった。

浮田さんから電話がかかってきたのは、先月のことだ。

『形見分けを、手伝ってくれないか』

慣れない世間話をいくつかした後、浮田さんの口からそれが告げられた。ついに来たか、と思った。いつか言われるんじゃないか、と密かに危惧《きぐ》していたことでもあった。その時にはああ言おう、こう言おう、と決めていた台詞《せりふ》もあった。

でも実際にその状況に置かれてみると、用意していた台詞は一切口にできなかった。私は四十九日を終えて以降、月命日の墓参りはもちろん、母の生家――かつては私の実家でもあったはずのこの場所を、訪ねることとさえしていない。

すべて浮田さんに任せきりにしている、という罪悪感に加え、母に申し訳ないという気持ちだって、もちろんあった。でもいちばんは、電話口から聞こえたこの人の声が、まるっきり途方に暮れているように思えたから、なのかもしれない。

『あの人のピアノの部屋。どうしていいかわからないんだ』

しわがれた、今にもかすれて消えてしまいそうな声に、今度は私が、わかりました、と答える番だった。電話越しに、浮田さんのほっとしたようなため息が聞こえて、私が頼み事をする時、浮田さんはいつもこんな気持ちで応えてくれていたのだろうか、と思った。


浮田さんとは、母を介した食事の席で初めて会話を交わした。

その日、指定されたレストランに着くと、珍しくワンピースを身に纏《まと》った母が、四人掛けのテーブル席で私を待ち構えていた。すでにスパークリングワインを開けていて、私が席に着くや否や、「好みじゃなかった」とワインの味に文句をつけた。

お酒の勢いも手伝ってか、母はいつにも増して多弁だった。今日は服と靴の組み合わせを間違えただの、化粧のノリが悪かっただの、ひととおりの愚痴が終わると、

『お母さん、結婚するから』

とそう言った。「私達」ではなく、お母さん。「結婚を考えていて」ではなく、結婚するから。きっぱりとしたその口調に、何より先に既視感を覚えた。私と父と母がまだ家族だった時、母は

よくこんな喋り方をしていた。

母がこういう言い方をする時、私達家族に求められていたのは、不服を申し立てることでも、疑問を投げかけることでもなく、母の出した結論に同意することだった。

母は元来、真面目で一本気な人だった。根っからの努力家で、一度こうと決めたらとことんやり抜く意志の強さを持っていた。人はそれを信念とか気高さと呼ぶのかもしれないし、また別の人には、融通の利かなさととらえられてしまうのかもしれない。

母は母なりに、家族を愛そうと必死だったのだと思う。多分、音楽やピアノを愛したのと同じように。だからなのか、母の愛はいつも真っ直ぐで、一ミリの曇りもなく輝いていた。見ているこちらが、思わず目を瞑《つむ》ってしまうくらいに。

料理、片づけ、洗い物。毎日の掃除、洗濯、家族へのプレゼント。母は一度だって手を抜いたことがない。家の中はいつも清潔で、きれいに整頓されており、誰のどんな記念日も、前もってぬかりなく準備されていた。

一流のピアニストがどんな時も練習をかかすことがないように、母は母として、妻としての振る舞いを一日だって休むことはなかった。母の中にはいつも確固たる家族のイメージがあって、その理想は追求すれば追求する程、完璧に近づくものだと信じているようだった。それが砂で要塞を作るような、危うく途方もない作業であったとしても。

毎年母が計画していた、年に一度の家族旅行がおじゃんになってしまったことがある。父が仕事（後にそれは嘘だったことがわかるのだけど）を理由に、家族旅行への欠席を表明した時のことだ。その日の母の荒れっぷりといったらなかった。

じゃあ何よ、あかりと二人で行けっていうの。

予約も取っちゃったのに、代理店の人になんて言えばいいのよ。

嫌なら嫌って言えばいいじゃない。それらしい理由なんかつけないで。

一度こうなったが最後、父がいくら謝っても、私が母を宥《なだ》めすかしても、もう駄目だった。父はその後どうにか都合をつけたらしく、欠席を撤回したのだけど、すべて後の祭りだ。嫌々行くようじゃ、意味がない。旅行計画は頓挫《とんざ》し、家族水入らずの旅行自体、それから二度と行われることはなかった。

父はやがて家に、そして母に息苦しさを感じるようになっていった。そしてそれは、同じ屋根の下で生活を共にしている私も同じだった。私は家以外の居場所を学校や友人達に、父は会社の同僚である部下の女性に求めるようになった。そして、母が作った完璧な世界に、母だけが取り残された。

その頃からだと思う。母が私達に何かを告げる時、それは相談でなく、決定事項の通達になった。私達はただ、黙ってその決定を受け入れた。うん、わかったよ。お母さんがいいなら、それでいいと思う。

父と母の離婚が決まった時、父は私に対して泣いて詫びたけど、私に父を責める資格はなかった。私と父は、同罪だからだ。どちらも母の期待に応えられなかった、という意味では。

それから少し遅れて、浮田さんがレストランに姿を現した。浮田さんも緊張していたのか、随険《けわ》しい表情で歩いてきた。

『紹介するわね。こちら、一彦さん』

『あの、はじめまして。浮田と言います』

母と浮田さんから、それぞれ名前と苗字を紹介された。自分達でも気づいたのか、二人は顔を見合わせ、たまりかねたようにくすりと笑った。還暦に近いおばさんと、四十代も半ばに差し掛かろうとしているおじさんの癖《くせ》に、その瞬間だけは大学生の恋人達みたいに見えた。母のそういう笑顔を、久しぶりに見た気がした。

『……はじめまして。娘の、あかりです』

はじめまして、と言いながらも、浮田さんの顔には覚えがあった。遠くからその姿を見つけた時に、ああこの人か、と思った。やっと答え合わせができたような気持ちで、やっぱりな、とも。

浮田さんは、母の教室の生徒だった。元々は浮田さんの姉の子供――つまり、姪《めい》の送り迎えをしていたんだそうだ。ところが肝心の姪はすぐにピアノを辞めてしまい、入れ替わりに、レッスンの様子を見ていた浮田さんが教室への参加を決めたという。

食事の最中、二人の馴《な》れ初《そ》めやらプロポーズの成り行きやら、母がほとんど一方的に喋っていたけど、ひとつも頭に入ってこなかった。その代わり、聞きたいことはたくさんあった。

物書きなんて特殊な職業についている人が、何故母を選んだのか。決して女性に縁がなさそうな雰囲気ではないのに、何故この年まで独り身を貫いていたのか。どうしてこのタイミングで、た。


結婚を決めたのか。

でも、本当に聞いてみたいことは多分、ひとつだけだった。——いつから母のことを狙っていたんですか。もちろん口にはしなかったけど、思い浮かべるだけでも品のない質問だな、と思った。

『美咲さん』

コースの途中で、浮田さんが急に母の名前を呼んだ。

『今日のワンピース、とてもよく似合ってる』

歯が浮くような台詞を、さらりと言ってのけた。いつものことなのか、母はさほど気にも留めず、そう？　と言いながら顔をしかめた。

『失敗しちゃったかなって思ってたんだけど』

靴がちょっとね、と散々言い募《つの》ったはずの愚痴を繰り返そうとする。浮田さんがそれを遮《さえぎ》って、僕はすごくいいと思うけど、と力強く宣言した。母を慰めようとか、機嫌を取ろうとかいうのではなく、心からそう思っていることが伝わってきた。すると母は、

『一彦さんがそう言うなら、そうなのかもね』

とまんざらでもない顔をして、自分の服を見遣った。それでもまだしばらくは、うーん、と首を捻って、あかりはどう思う、と同意を求めてきたけど、なんと答えたかは覚えていない。

テーブルの上には、母が最初に頼んだスパークリングワインが半分以上残ったまま、長い時間放置されていた。炭酸は抜けきっておらず、グラスに浮かんだ無数の気泡が弾《はじ》けては消えていっ

た。

「あ」

押入れを整理していた浮田さんが、小さく声を上げた。

浮田さんに促《うなが》され、中を覗くと、段ボール箱に入っていたのは「成田《なりた》ピアノ教室発表会」と書かれたビデオテープと、ハンディタイプのビデオカメラだった。毎年、母が主宰《しゅさい》している発表会の様子を収めたものだ。

と言っても、機械音痴の母はAV機器にはとんと疎《うと》く、作業のほとんどが人任せになっていたはずだ。懇意《こんい》にしていた業者が店を畳《たた》んで以来、ここ数年は撮ったら撮りっ放しの状態が続いていた。

何年か前の大晦日《おおみそか》、年越しそばを食べながら、「ビデオデッキの調子が悪い」とこぼす母を見て、まだそんなものを使っていたのかと驚いた。確かその時、そろそろDVDに切り換えたら？と勧めたはずだ。古いデータも移せると思うよ。なんなら私がやってあげようか、とも。けど、それを聞いても母はあまり気乗りしない様子だった。

『なんだっていいわよ、こんなの別に』

母はビデオデッキの操作を諦め、いつの間にかコタツの上のみかんを剝《む》くのに夢中になって、話はそれっきりだった。

あの時母が手に持っていた、古びたビデオテープ。改めて見ると、背に貼られたラベルはすべて手書きで、端から年度順に並べられていた。几帳面な母らしい。

「三年前も、撮ってはいたみたいだけど」

浮田さんはビデオカメラを手に取ると、懐かしそうに目を細めた。三年前、というのはおそらく、母と浮田さんが出会った年のことだ。発表会に出てらしたんでしたっけ。そう聞いてみると、浮田さんは恥ずかしそうに、一度だけ、と頷いた。

「ほとんど無理やり出してもらったんだ。どうしても、弾いてみたい曲があって」

それを聞いた瞬間、どくり、と心臓が脈を打つのがわかった。曲って、と返した声が、微かに震えてしまう。

「モーツァルトのピアノソナタ十一番イ長調。第一楽章」

暗記しているのだろう、すらすらとそれを口にした。

「トルコ行進曲付き、とも言うんだよね」

最初は僕も知らなかったんだけど。そう言って、はにかむように笑った。

「初めてレッスンを受けた時、クラシックで何か知ってる曲ありますか、って聞かれて。トルコ行進曲くらいですって答えたんだ。恥ずかしい話だけど、僕はクラシックには疎《うと》くて。思い浮かぶのが、それくらいしかなかったもんだから。そしたら突然」

鍵盤を叩く振りをしながら浮田さんが口ずさんだのは、私にも聞き覚えのある、冒頭のあのメロディだった。

「弾き終えてから、今の曲の第三楽章がトルコ行進曲なんです、って教えてくれた。びっくりしたよ。一も二もあるんですかって聞いたら、一楽章もこれで全部じゃありませんよ、って。それでつい、言っちゃったんだ。よほど気が長い人じゃないと、最後まで聞くのは難しいですねって。そしたらあの人、なんて言ったと思う？　ピアニストには意外と短気な人が多いんです、だって」

その時の様子を思い出したのだろう、くつくつと笑いを噛《か》み殺している。でも私には、母がどんな顔をしてそれを言ったのか、まったく見当がつかなかった。

「とてもいい曲だと思った。やさしくて、哀しくて。それでいて、懐かしいような気もして。有名だから、どこかで耳にしたことがあるんだろうな。僕が気づいていないだけで」

浮田さんは珍しく、饒舌《じょうぜつ》だった。本当はずっと、この話を誰かに聞いて欲しかったのかもしれない、と思った。そして今、それを聞いてあげられるのは、この世に私しかいないのかもしれない、とも。

「それですぐ、自分から頼み込んだんだ。これが弾けるようになりたいですって。最初は反対されたけどね。ト音記号も知らないのに、無謀にも程があるって。次のレッスンからは、付きっきりのスパルタ指導。それでなんとか、発表会に出ることができた」

間に合ったのは、最初の一ページ目だけだったけど。そこで言葉を切ると、浮田さんはこちらを向いて、結果は散々だった、と肩を竦《すく》めた。

「珍しく、震えたよ。講義なんかより、ずっと緊張したな」

指は回らないし、どこを弾いているのかわからなくなるし。何度も止まってしまった。最低の演奏だったよ。あの人にも随分怒られたな。全然練習通りじゃないじゃない、って。

「あんな思いは、もうこりごりだ」

浮田さんはそこで、大きなため息を吐いて見せた。そして呟く。あれから、もう二年か。

「娘さんがいるとは聞いてたけど」

まさか、その人と骨を拾うことになるとは思ってなかったな。浮田さんがそう言って、寂しそうに笑った。

「紹介されたのが、発表会の後でよかった。あの演奏を見てたら、あなたはお母さんとの結婚を許してくれなかったかもしれない」

そう言って、ビデオカメラを箱の中へと戻した。大事な思い出を宝箱にしまい込むように。そのまま段ボールの蓋《ふた》を閉めて、押入れに戻す。

「初めてなんて、そんなものじゃないですか」

その背中に、思わず声を上げていた。

「誰にだって、初めてはあるんだから。失敗なんて、当然だと思うし。挑戦したことに意味がある、っていうか」

私は一体何を言っているんだろうと思った。十歳以上も年の離れた人に向かって。いつの間にかこちらを振り向き、黙って聞いていた浮田さんが突然、あ、と顔を輝かせた。

「あなたもやってたんだ、ピアノ」

そうだよね、そうでしょう。その勢いに気圧《けお》されて、つい頷いてしまった。それを見た浮田さんが、そうかそうか、やっぱりね、と嬉しそうにまなじりを下げた。

「さっきは恥ずかしいこと言っちゃったな。ピアノ教師の娘さんに、クラシックのウンチクなんて」

娘がどうとかは関係ない。そう言いかけたものの、どうしてか上手く声にならなかった。

「いや、いつだったか言っていた気がする。昔はあの子にも教えてたって。あの曲だってそうでしょう、元々はあなたが」

違います、と返した声は思いのほか大きく辺りに響いて、ビリビリと空気を震わせた。ここが防音室でよかった、なんて的外れなことを考えてしまう。浮田さんが、驚いたような顔でこちらを見つめていた。

「母が勝手に、何を話したかは知りませんけど」

たまらず、浮田さんから視線を外した。

「ああいう人だから、あまり鵜《う》呑《の》みにしない方がいいと思います。死んだ人を悪く言うのもあれですけど」

ああいう人って、と聞かれて、迷わず「浮田さんがいちばん、ご存じだと思いますけど」と答えた。どうしてだろう。不快そうに眉《まゆ》を寄せた浮田さんを見た瞬間、勝った、という気持ちになった。

ふと気づくと、太陽はすでに山の向こうに沈みつつあった。どこからか、きゃあきゃあとはしゃいだ子供達の声が聞こえる。グランドピアノの作り出す大きな影が、少しずつ濃さを増していた。部屋は今にも、夕闇に飲み込まれようとしている。

「僕の知ってるあの人は」

少しの間を置いてから、浮田さんが口を開いた。

「とても一途《いちず》で情熱的な、美しい人だよ。あなたにとっても、そうだったと思うけどものは言いようだ、と思った。でもこの人には、今もそう見えているのだろう。

「僕の言ったことで、不快な思いをさせたのなら謝るけど」

怒っているせいか、一音一音を随分はっきりと口にする。この人は、大学の授業の時もこんな風に喋るのだろうか。

「お母さんが僕に、あなたを貶《おとし》めるような発言をしたことはない。それだけは信じて欲しい」

そう言って、私を見返した。一点の曇りもない目で。その目を不安に泳がせてみたい、と思った。

ええ、信じます、と返すと、浮田さんは少しだけほっとしたように頬《ほお》を緩《ゆる》めた。その言葉に、嘘《うそ》はなかった。おそらくは、浮田さんの言う通りなのだろう。母が私を貶めたり、貶《けな》したりするようなことはない。

「私には、貶める価値もないんだから」

吐き捨てるように口にした言葉が、相手を傷つけるより先に、自分の胸に沈んでいくのがわかった。

「誰も、興味のない人間をわざわざ貶めようとは思わないでしょう?」

浮田さんが、何かを言いかける。それを遮《さえぎ》って、「そういう人です、母は」と言い切った。

「美しい、は置いておいて」

浮田さんの顔を見返し、さっきよりもさらに笑みを深める。彫刻刀でぐりぐりと跡を刻みつけるみたいに。

「一途で情熱的、は同意しますけど。でもそれは、あの人のお眼鏡《めがね》に適《かな》ったものに対してだけで。自分が興味のないものには、これっぽっちも関心を示さない。それって、すごく残酷なことだと思いませんか」

ビデオデッキの話をした時も、私がそれなりに名の通った企業に就職を決めた時も、母は大して関心を示そうとはしなかった。家を去っていく父のことは口汚く罵《ののし》った割に、母につくことを決めた私に、労《いたわ》りや感謝の意を向けるようなことはなかった。

大学を卒業した私が家に残ることを告げた時も、浮田さんとの再婚を知らされた翌日、私が家を出ることを宣言した時も。母の言うことはいつも同じだ。あんたのしたいようにしていいから。ただそれだけ。

「……あなたは、お母さんが嫌いなの」

言いながら、無意識にだろうか。浮田さんが母のピアノへと手を伸ばした。壊れ物を扱うようなその手つきが、いやに癪《しゃく》に障《さわ》った。この人は確か、母の亡骸《なきがら》にもこんな風に触れていた。

「嫌いです」

あんな人、大嫌いです。そう言った矢先、浮田さんが「本当に？」と続けた。

た。

「本当に、お母さんのことが嫌い？」

一体何を言い出すのだろう。警戒して黙っていると、浮田さんが意を決したように口を開いた。

「あなたが嫌いなのは、お母さんじゃなくて僕なんじゃないの」

私の目を真っ直ぐに捉《とら》え、臆面もなくそう言い切った浮田さんの顔を見て、ああ、と思った。

私はやっぱり、この人が嫌いだ。母と同じくらい。もしかしたらそれ以上に。初めて会った時から、ずっと。


モーツァルトのピアノソナタ十一番イ長調第一楽章。別名、トルコ行進曲付き。それは、母と浮田さんが出会うきっかけとなった曲であり、私が生まれて初めて知ったクラシックの曲名でもある。

子供の頃、ドアの隙間からこの部屋を覗くと、いつもこの曲が聞こえてきた。母は私に気づくと演奏を中断して、どうしたの、とこちらを振り向いた。それが嬉しくて、何度も何度も母の演奏を邪魔してしまった。

私がピアノの発表会に出たいと言った時、母は私の意志を尊重してくれたけど、諸手《もろて》を上げて賛成、という風にも見えなかった。母は最後まで、私にピアノを押し付けようとはしなかった。

母の性格から考えると、不自然なくらいに。

私にピアノを教えている時、母はいつも戸惑《とまど》っているように見えた。もっと言えば、やりづらそうにしていた。レッスン自体は、特別厳しいものでも甘やかすようなものでもなく、発表会までの日々は実にたんたんと進んでいった。

私にはそれが物足りなく、少しだけ悲しかった。もっと、ピアノのことで母から叱《しか》られたり、褒《ほ》められたりしてみたかった。そんなんじゃお母さんの後は継がせられないわよ。あかり、すごいじゃない。とっても上手。どちらでもいいから、母に執着してもらいたかった。

本番当日のことは、今でも昨日のことのように思い出せる。足を踏み出す度にギシギシ音を立てたステージの床。椅子の背のコーティングが剝《は》げかかっていたこと。ピアノの蓋の裏に彫られた、メーカーのアルファベット。緊張で強張った自分の両手。

練習ではすらすら弾けていたはずなのに、舞台に上がってピアノを前にした瞬間、頭が真っ白になった。何の音から始めればいいのかわからない。指も動かない。これっぽっちも弾けなくなった。

客席にざわついた空気が広がる中、舞台袖からこちらを見守る母の姿を見つけた。でも、どんな顔をして私を見ているのかまではわからない。おでこからひっきりなしに垂《た》れる汗が私から母を隠すように、絶えず視界を邪魔していた。

『ちゃんとできなくて、ごめんなさい』

まともな演奏はほとんどできないまま、私は舞台を降りた。お母さん、怒ってる？　そう言って泣く私に、母は、そんなわけないじゃない、と笑った。

『初めてなんて、そんなものよ』

確かにその声は、怒っても悲しんでもいなかった。本当に、どちらでもなかったのかもしれない。

ピアノ、もう辞めたい。

そう告げた時、母の顔がほっとしているように見えたのは気のせいだろうか。母は、私を引き留めたりはしなかった。

「あかりのしたいことをしたらいい」

それだけ言うと、何事もなかったかのように自分のピアノ部屋へと戻って行った。それきり、母が私の前で発表会の話題を出すことはなかった。

それから随分経って、思いもよらぬタイミングでこの曲と再会した。人手がないから、と母に頼まれ、発表会の受付を手伝った時のことだ。子供だらけのピアノ発表会で一張羅《いっちょうら》のスーツに身を包み、出番を待つ浮田さんは、あきらかに周りから浮いていた。

その後披露《ひろう》された演奏は、浮田さんの言う通り、散々だった。つっかえつっかえ、ほとんどの小節が不協和音のまま、メロディは突き進んだ。観客の多くは、あまりの酷《ひど》さに顔をしかめて、途中からは時計の針を気にしたりしていた。でも私は、その演奏から目を離すことができなかった。

理由はふたつある。まず、演奏された曲があの曲だったから。私がずっと、弾きたかったあの曲。でも、弾けなかったあの曲。それを、見ず知らずのおじさんが必死に演奏していること。そしてもうひとつは、母が舞台袖からその様子を見守っていたからだ。

母はまるで、子供の晴れ舞台を見守っているかのような目で、浮田さんのことを見つめていた。どうか上手くいきますように。これ以上失敗しませんように。最後まで演奏することができますように。たくさんの祈りが、表情から溢れていた。それはどこか、母がピアノを弾いている時の顔に似ていた。

それを見て、思った。私はあの時、こんな風に自分を見てもらいたかったのだ、と。

「……あなたには、わからない」

それを口にした瞬間、浮田さんの目元がひくりと痙攣《けいれん》するのがわかった。

「私達家族が、どんな気持ちで母と暮らしていたかなんて」

母に愛されたことのある、あなたには。私や父の気持ちなんて。

『お母さんの愛情を受け止められるのは、ピアノだけだったのかもしれないなあ』

父が家を出る直前、私に向かって発した言葉だ。

『なのにお父さんが、お母さんからピアノを取っちゃったんだ』

お母さんが今もまだ、ピアノを続けていたら。そこまで言ってから、父は自分が口にしかけた言葉をクレヨンで塗りつぶすように、ふるふると首を振った。

『だから、悪いのはお父さんだ。お母さんを、責めないでやってくれな』

父はそう言って、私の元を去って行った。少しずつ遠ざかっていく後ろ姿が、まるで私に引き留めてくれるな、と言っているようで、私は父の背中を追いかけることができなかった。

「父は、わかっていたんだと思います。代替品は結局、代替品以上の何物でもないってこと。わかっていて、それでも母を愛そうとして。いつかその愛情が、自分にも返ってくるかもしれないって」

言いながら、自虐《じぎゃく》めいた笑みがこぼれる。

「でも、無理だったんでしょうね。だから、他の女の人に愛情を求めるしかなくて。母はそれを、捨てられたとか、裏切られたとか言ってましたけど。誰が父を責められます？　全部母の、自業自得なのに」

両親の離婚は、父が外に女を作って母を捨てたせい。世間から見れば、そういうことになっている。でも私には、父をそこまで追い詰めたのは母であるように思えた。

父と母が喧嘩をする時、先に白旗を上げるのは母の役目だった。でも、本当に白旗を上げたかったのは父の方だったんじゃないか、と私は思う。夫婦間で激しい言い争いが繰り広げられる時、母は最終的に言葉でなく、涙で必死の抵抗を見せた。

泣き落としは、母の常套《じょうとう》手段だった。自身が注いだはずの愛情に対して、相応の見返りを得られなかった時、責めるかわりに母は泣いた。帰りの遅くなった父や、反抗期を迎えた私に対して。私が悪いの、どうせそう思ってるんでしょ、私が我慢すればいいんでしょう、と。

母はわかっていた。そうすれば、父が、私が、母に謝るしかなくなるということを。それが母流の、勝利のもぎ取り方だった。それがどんなに相手を疲弊させる行為かということも、母はわかっていたのだろうか。

「私には、家族を捨てた父の気持ちも、わかるような気がするんです」

父とは、母の葬儀で十年ぶりに再会した。「元気にしてるか」と笑みを見せた父に、うん、と頷くと、父は、ならよかった、と言って俯いた。それ以上、会話は続かなかった。

父は私に、何も聞いてこようとはしなかった。母との生活のことも、母がどんな死に際だったのかも。私の成人式を機に再婚を果たしてからというもの、会う機会も少なくなっていた。その相手が離婚のきっかけとなった女性だったのかも、私にはわからない。

弔問客《ちょうもん》の列に紛れ消えて行く父の背中は、記憶よりも小さく、薄くなったように思えた。その後ろ姿に、私と父が言葉を交わすことは、もうこの先二度とないのかもしれない、と思った。

「あなたは、お父さんに捨てられたと思ってるの」

顔を上げると、浮田さんが同情とも憐《あわ》れみとも似つかない顔で、私を見つめていた。

「あなたのお父さんは、誰かを捨てることができる程立派な人間なの？」

あなたやあなたのお母さんは、誰かの一存で拾ったり捨てられたりしてしまうような、粗末な人間なの。そう言って、浮田さんが首を傾げる。人の父親に、なんて言い方をするんだろう、と思った。でも、何故かそこに侮《あなど》りや蔑《さげす》みは感じられなかった。

「あなたのお父さんも、お母さんも、自分の意志で誰かを愛して、自分の意志で一人になることを選んだんだ。誰に拾われたわけでも、捨てられたわけでもない。あなただって、それを選ぶことができるんだよ」

その言葉に、ぱこん、と頭を殴《なぐ》られたような気がした。

ふいに、段ボールだらけの自分の部屋が思い浮かんだ。足の踏み場もないフローリングの床。衣装ケースに入れっぱなしの洋服。ひとつずつ、新聞紙にくるんだ食器。荷造りロープで縛った本。解体しかけのスチールラック。

『お前、いっつもそうだよ。私が悪いんだ、我慢してやってるんだって。そういうの全部、顔に出てるんだよ』

かつての恋人の声が、脳裏に蘇《よみがえ》った。口の中に、じわりと苦い唾《つば》の味が広がる。

『一方的にして欲しいことだけ押し付けられても困るんだけど』

『あれも違う、これも違うって端《はな》から否定されたらこっちはどうしたらいいんだよ』

『あかりと話してると、自分ばっかり責められてるような気持ちになる』

長年付き合った彼から婚約の解消を切り出されたのは、引っ越しの準備を進めている最中のことだった。好きな人ができた、というのがその理由で、ここまで言い出せなかったのには、そうさせたお前にも責任があるのだと、そう言われた。

『お前が求めてるような人間にはなれない』

その台詞を最後に、彼は私の元から去って行った。結婚を前提に契約を決めたはずのマンションは、今はもう人手に渡っている。正直、またか、と思った。息苦しい。疲れる。恋人達は、皆同じような台詞を残して私の元から去って行く。父が母に対して、そうしたように。

私の恋愛はいつもこうだ。愛する人に求めすぎ、追い詰めて、自らの手で遠ざける。まるで、いつかの母のように。私と母は似ている。そう思う度に、母への憎しみは募った。それが嫌だった。自分の体に流れる、母の血を呪った。

こうなったのはすべて母のせいなんだ、と思っていた。母の娘だから仕方ないんだ、と。私は母の娘である限り、幸せになれない。母もまた、私の母である限り、幸せはつかめない。私達は、自分から人が離れていくことを受け入れるほかないのだと。

なのに母は、この人を見つけた。私がこの人のことを嫌いなのは、この人が母に愛されているから、だけじゃない。この人が、母を愛しているからだ。私の欲しいものを、全部もっている人だから。母が欲しいものを、すべて与えた人だから。

黙り込んだ私に、浮田さんが小さくため息をついた。聞き分けの悪い子供に、ほとほと呆れ果てたみたいに。のろのろと動き出すと、背後の本棚を見繕《みつくろ》い、一冊のノートを引っ張り出した。それをそのまま私に向かって、これ、と差し出した。

浮田さんの手に握られていたのは、一冊のノートだった。中をめくろうとして、糸で結ばれているはずの背の部分はほとんど外れかけていることに気づいた。開くとそれは、手作りの楽譜だった。五線譜にはいくつか、書き込みもしてある。じわじわと、記憶が蘇る。このノートには、見覚えがあった。

「娘が好きだった曲だって、そう言ってた」

え、と顔を上げた私に、浮田さんは言った。

「トルコ行進曲付きは、娘との思い出の曲だって。昔よく、せがまれて弾いたって。だから、好きなんだって。これ、僕が発表会に出る時に使ってたものなんだ」

なんでそれが母の部屋に。そう呟くと、浮田さんは「後ろの表紙、見てみて」と指を差した。恐る恐る、ひっくり返す。それを見た瞬間、あ、と声が漏れた。

成田あかり。

そこには、まだ拙《つたな》い私の字で、そう記されていた。

「娘のものだったんだけど、よかったらって。大切に扱ってねって。娘もこれを弾いたんだからって。僕にはそれが、すごく誇らしそうに見えた」

そんなの、と口にした瞬間こみ上げるものがあって、唇を噛んで必死に耐えた。

「それが、なんだか悔しかった」

あの人にそんなことを言わせるあなたが、僕はずっと憎かったのかもしれないな。そう言って私を見た浮田さんの顔は、言葉の鮮烈さとは裏腹に、慈しみや諦めが入り混じった、ひどく複雑な表情をしていた。

年月に晒《さら》され黄ばんだ紙は、触れるたびにパリパリと乾いた音を立てた。最後までめくり終えると、閉じてピアノの上にそっと載せる。クリーム色の表紙が夕日に晒され、ぼんやりと発光していた。

長い時間をかけて風化したそれは、じっと目を凝《こ》らすまでもなく、なんてことはないただの思い出だった。愛情とか絆《きずな》とか、親から子へ引き継がれるべき確かなものではなくて、そういう類《たぐい》のものになり損《そこ》ねた何かだった。それ以上でも、以下でもなかった。その何かを見ているうちに、本音がぽろりとこぼれた。

「早くたばれって思ってたんだけどなあ」

それを聞いた浮田さんが、なんのフォローでか、

「……生きているうちにプロポーズできてよかったよ」

と言って、無理するみたいに笑った。

母から再婚の知らせを受けた時、私はそれを喜ぶことができなかった。その代わり、まるで対抗するように自分の婚約話を持ち出した。それを聞いた母が、どんな顔をしていたのかは思い出せない。

一緒に結婚式、できるかしら。冗談半分にそう口にした母が、結局その後、式を開くことはなかった。おばあちゃんがウェディングドレス着たって仕方ないじゃない。そう言って笑っていたけど、あれはどこまで本気だったのか。

「私は母に、言えていないことばっかりです」

他愛もないお喋りの続きのつもりで言ったのに、浮田さんは思いのほか真剣な顔でそれを受け止め、あの人と同じだ、と呟いた。

「美咲さんも、言ってたよ。あなたに言えてないこと、いっぱいあるって。僕は、それがずっと羨ましかった。お互いに言えないことがあるなんて、二人だけの秘密みたいだ」

僕はあの人のこと、すべてを知りたかったのに。浮田さんはそう言って、私から顔を背けた。

窓から差し込んだ西日が逆光となって、浮田さんが今、どんな顔をしているかまではわからなかった。

それからしばらくの間、私達は黙々と部屋を片づけ続けた。クローゼットや押入れ、本棚や衣装ケースと順々にきれいにしていき、最後に母のピアノへと行き着いた。ゆっくり蓋を開けると、懐かしい白と黒の鍵盤《けんばん》が目の前に現れた。恐る恐る、手を伸ばす。

ポロン、と予想よりも軽快な音が辺りに響いた。人差し指でそのまま、ド、レ、ミ、を押してみる。一押しする度に沈む鍵盤の感触が、なんだかおもしろかった。すると、黙って後ろからその様子を見ていた浮田さんが、ぽつりと呟いた。

「久しぶりに、弾いてみようかな」

振り向くと、浮田さんの手には、さっきのノートが握られていた。

「いいんですか、掃除」

「どうせ、今日だけじゃ終わらないよ」

そう言って、浮田さんが笑った。そしてそのまま、椅子に座ろうとする。台座の調節を促すと、このままでいい、と返された。

「いつも、そのまま弾いてたんだ。あの人のお手本を聴いた後に」

じゃあ、とこちらに向かって礼をした浮田さんに、小さな拍手を送った。

楽譜を台の上に広げると、浮田さんはしつこいくらい慎重に、何度も何度も指の位置を確認して、ようやっと最初の一音から弾き始めた。結果は、清々《すがすが》しいくらいの不協和音だった。しかも、そこでフリーズしてしまう。再度楽譜を確認してから、もう一度。それが終わると、もう一度。弾き終わる頃には、時計の長針が一周してしまうんじゃないか、というスピードだった。

「次、ミの音じゃないですか？」

ひとつ前の音の鍵盤に指を置いたまま、うーん、やっぱり難しいなあ、とか、あれおかしいぞ、とか首を傾げたままの浮田さんに、たまらず声を掛けた。

「うーん、ミ？　ミなのかな、これは。老眼だし、暗いしでちょっと」

仕方なく、待ってください、私も見ます、と立ち上がる。

「ちょ、ちょっと待って。声を掛けられると余計に頭がこんがらがって」

前途多難だ。正直言って、昔より下手になってる。

でも今日は、浮田さんが最後の一音を弾き終えるまで、付き合おうと思った。日が沈むまでは、まだもう少しだけ時間がある。茜《あかね》色に染まった部屋に、また一音、また一音と、浮田さんの鳴らす不器用なピアノの音が響き渡った。

【初出】
「君に贈る言葉」（「祝辞」改題）
祥伝社WEBマガジン「コフレ」（2016年8月15日〜11月15日）
他作品はすべて書下ろしです。

切りとり線

あなたにお願い

この本をお読みになって、どんな感想をお持ちでしょうか。次ページの「100字書評」を編集部までいただけたらありがたく存じます。個人名を識別できない形で処理したうえで、今後の企画の参考にさせていただくほか、作者に提供することがあります。

あなたの「100字書評」は新聞・雑誌などを通じて紹介させていただくことがあります。採用の場合は、特製図書カードを差し上げます。

次ページの原稿用紙（コピーしたものでもかまいません）に書評をお書きのうえ、このページを切り取り、左記へお送りください。祥伝社ホームページからも、書き込めます。

〒一〇一―八七〇一　東京都千代田区神田神保町三―三
祥伝社　文芸出版部　文芸編集　編集長　日浦晶仁
電話〇三（三二六五）二〇八〇　http://www.shodensha.co.jp/bookreview/

◎本書の購買動機（新聞、雑誌名を記入するか、○をつけてください）

＿＿＿新聞・誌の広告を見て	＿＿＿新聞・誌の書評を見て	好きな作家だから	カバーに惹かれて	タイトルに惹かれて	知人のすすめで

◎最近、印象に残った作品や作家をお書きください

◎その他この本についてご意見がありましたらお書きください

100字書評

君に言えなかったこと

住所

なまえ

年齢

職業

こざわたまこ
1986年福島県生まれ。2012年「僕の災い」で第11回「女による女のための R-18文学賞」読者賞を受賞。同作を収録した『負け逃げ』でデビュー。デビュー作では地方の村で暮らす人々の閉塞感に満ちた感情を瑞々しい感性で描き切った。他の作品に『仕事は2番』がある。

君《きみ》に言《い》えなかったこと

平成 30 年 8 月 20 日　　初版第 1 刷発行

著者――――こざわたまこ

発行者――辻 浩明

発行所――祥伝社《しょうでんしゃ》
〒 101-8701　東京都千代田区神田神保町 3-3
電話　03-3265-2081（販売）　03-3265-2080（編集）
03-3265-3622（業務）

印刷――――萩原印刷

製本――――ナショナル製本

ISBN978-4-396-63550-3 C0093
祥伝社のホームページ・http://www.shodensha.co.jp/